手把手教你当会计系列

U0141076

手把手教你当资金主管

（实战版）

主　编◎张晓毅
副主编◎杨　英　鲁君谊

人民邮电出版社
北　京

图书在版编目(CIP)数据

手把手教你当资金主管：实战版／张晓毅主编．——
北京：人民邮电出版社，2011.8
（手把手教你当会计系列）
ISBN 978-7-115-25830-4

Ⅰ.①手…　Ⅱ.①张…　Ⅲ.①企业管理：资金管理
Ⅳ.①F275.1

中国版本图书馆 CIP 数据核字（2011）第 118716 号

内 容 提 要

　　本书以完全仿真的资料为基础，按照实际工作中的业务流程和操作步骤，介绍了与企业投融资核算有关的会计业务的处理过程，具体内容包括债务融资、权益融资和债券投资、权益投资等方面的会计核算。

　　本书既可以作为在职财会人员提高业务水平的手头参考书，也可以作为岗位培训教材及自学进修辅助教材，还可以作为高等职业院校财会专业的教材及教辅资料。

手把手教你当会计系列

手把手教你当资金主管（实战版）

◆ 主　　编　张晓毅

　　副主编　杨　英　鲁君谊
　　责任编辑　李宝琳

◆ 人民邮电出版社出版发行　　北京市崇文区夕照寺街 14 号
　　邮编 100061　　电子邮件 315@ ptpress. com. cn
　　网址 http://www. ptpress. com. cn
　　北京隆昌伟业印刷有限公司印刷

◆ 开本：787×1092　1/16
　　印张：10　　　　　　　　　2011 年 8 月第 1 版
　　字数：100 千字　　　　　　2011 年 8 月北京第 1 次印刷

ISBN 978-7-115-25830-4

定　价：25.00 元
读者服务热线：(010) 67129879　印装质量热线：(010) 67129223
反盗版热线：(010) 67171154

本书编委会名单

主　任：臧红文

副主任：李金兰　张晓毅

编委会成员（按汉语拼音排序）：

柏春红　崔　璇　胡　成　李军改　鲁君谊　王晓琳

许晓芳　杨　英　张园园　赵　洁　周建龙

前　言

本书根据投融资岗位的工作特点，分三个部分系统地介绍了债券融资、权益融资以及债券投资与权益投资等内容。

本书具有以下四个特点。

- 指导性强。本书以实际工作中的具体分工与业务内容为标准来编写，每个实训分别从业务流程、实训要求、实训准备材料、实训目标与检测标准、实训步骤与指导五个部分进行介绍，指导性非常强。

- 完全仿真。本书注重模拟环境的营造，所有资料尽可能逼真。例如，所有的票据都与实际情形一模一样。

- 操作性强。每项实训都给出实训步骤与指导，使读者能按顺序完成实训过程。同时，每项实训都给出参考答案和检测标准，便于读者自我评价。

- 编排新颖。本书在表述方式上，以案例为线索，精心筛选素材，科学设计典型业务，将知识点融于案例讲解中。全书内容紧凑、条理清晰，体现了应用性、科学性和系统性的特点。

本书不仅可以作为财会类专业学生的就业准备训练教材，还可以作为会计从业人员的培训教材和自学教材。

本书由安徽铜陵学院张晓毅副教授担任主编，负责拟定全书的写作框架，组织编写工作并审稿；由杨英、鲁君谊任副主编。具体分工如下：第一部分由周燕、张晓毅编写；第二部分由鲁君谊编写；第三部分由杨英编写。

本书无论是在编写内容上还是在编写体例上均作了新的尝试，但由于作者的水平和实践经验有限，书中难免存在疏漏之处，恳请读者批评指正，我们将在修订版中予以更正。

目　录

第一部分　资金主管会计岗位概述

第二部分　融资岗位实训

第三部分　投资岗位实训

附录

第一部分

资金主管会计岗位概述

第一单元　任职条件与岗位职责

一、融资岗位任职条件与岗位职责

基 本 要 求	相 关 说 明
任职资格	
1. 学历 专科及以上学历，会计、金融、经济等相关专业	1. 具有良好的沟通能力、关系处理能力，较强的组织、协调能力及一定的谈判技巧
2. 专业经验 两年及以上相关业务岗位工作经验	2. 具有扎实的文字功底，可独立撰写各类融资分析报告
3. 个人能力要求 熟练掌握财务、税收、金融有关政策法规，熟悉投资理财等相关知识	3. 具有一定的开拓能力及统筹、分析、归纳能力

职责内容

1. 负责企业所有融资项目的成本预算，组织协调实施融资预算，设计融资方案

2. 负责分析市场和项目融资风险，对企业短期及较长期的资金需求进行预测，及时出具分析报告，提出相应的应对措施，制定并实施相应的融资解决方案

3. 积极开拓金融市场，与国内外目标融资机构沟通，建立多元化的企业融资渠道，与各金融机构建立和保持良好的合作关系

4. 通过对企业资产和负债进行全面分析，针对不同银行的特点设计融资项目和方式

5. 执行融资决策，实现企业融资的流动性，为资金平衡奠定基础

6. 配合主管领导合理进行资金分析和调配，优化资金结构并合理使用，确保资金安全

7. 按时完成领导交办的其他相关工作

二、投资岗位任职条件与岗位职责

基 本 要 求	相 关 说 明
任职资格 1. 学历 专科及以上学历，金融、投资等专业毕业 2. 专业经验 两年及以上相关业务岗位工作经验 3. 个人能力要求 具有较强的逻辑思维和金融分析能力，具备创新和钻研精神，文字功底扎实	1. 熟悉资本市场交易品种及交易规则，熟悉各类金融理财产品 2. 熟悉投资价值和风险评估、投融资分析的相关法律、法规和流程 3. 诚信正直，热爱本职工作，责任心强，具有较强的沟通能力

职责内容

1. 组织做好行业研究及投资市场调研等前期工作，收集有关投资市场信息资料

2. 负责对调研资料进行汇总、分析，编制投资市场调查报告，提出投资方向建议

3. 进行投资可行性研究，编制投资可行性报告，为管理层的投资决策提供依据

4. 根据财务分析及领导指示，制订投资工作计划和工作方案，经领导审批后执行

5. 根据投资工作计划及方案，寻找、设计投资项目，组织做好对投资项目的调查和可行性分析研究等前期准备工作

6. 负责投资项目效果评估，拟定项目效果评估报告，提交企业决策层参考

7. 建立投资项目档案管理系统，保管好与投资有关的各种资料

8. 根据企业投资方向和投资主管的工作安排完成市场调查，搜集有关市场信息资料并进行分析、研究，编制市场调查报告，供领导参考

9. 按时完成领导交办的其他相关工作

第二单元　投融资岗位实训简介

一、融资岗位实训简介

1. 长期借款

长期借款是指企业从银行或其他金融机构借入的期限在一年以上（不含一年）的借款。

企业借入各种长期借款时，按实际收到的款项，借记"银行存款"科目，贷记"长期借款——本金"；按借贷双方之间的差额，借记"长期借款——利息调整"。

在资产负债表日，企业应按长期借款的摊余成本和实际利率计算确定的长期借款的利息费用，借记"在建工程"、"财务费用"、"制造费用"等科目，按借款本金和合同利率计算确定的应付未付利息，贷记"应付利息"科目（对于一次还本付息的长期借款，贷记"长期借款——应计利息"科目，按其差额，贷记"长期借款——利息调整"科目）。

归还长期借款时，按归还的长期借款本金，借记"长期借款——本金"科目；按转销的利息调整金额，贷记"长期借款——利息调整"科目；按实际归还的款项，贷记"银行存款"科目；按其差额，借记"在建工程"、"财务费用"、"制造费用"等科目。

2. 应付债券

企业根据国家有关规定，在符合条件的前提下，经批准可以发行公司债券、可转换公司债券、认股权证和债券分离交易的可转换公司债券。下面，以一般公司债券为例说明应付债券的会计处理。

公司债券的发行方式有三种，即面值发行、溢价发行、折价发行。假设其他条件不变，债券的票面利率高于同期银行存款利率时，可按超过债券票面价值的价格发行，称为溢价发行。溢价是企业以后各期多付利息而事先得到的补偿。如果债券的票面利率低于同期银行存款利率，可按低于债券面值的价格发行，称为折价发行。折价是企业以后各期少付利息而预先给投资者的补偿。如果债券的票面利率与同期银行存款利率相同，可按票面价格发行，称为面值发行。溢价或折价是发行债券企业在债券存续期间内对利息费用的一种调整。

无论是按面值发行还是溢价发行或折价发行，企业均应按债券面值记入"应付债券——面值"科目，按实际收到的款项与面值的差额，记入"应付债券——利息调整"科目。企业发行债券时，按实际收到的款项，借记"银行存款"等科目；按债券票面价值，贷记"应付债券——面值"科目；按实际收到的款项与票面价值之间的差额，贷记或借记"应付债券——利息调整"科目。

企业发行的债券通常分为到期一次还本付息以及一次还本、分期付息两种。采用一次还本付息方式的企业应于债券到期支付债券本息时，借记"应付债券——面值、应计利息"科目，贷记"银行存款"科目。采用一次还本、分期付息方式的，在每期支付利息时，借记"应付利息"科目，贷记"银行存款"科目；债券到期偿还本金并支付最后一期利息时，借记"应付债券——面值"、"在建工程"、"财务费用"、"制造费用"等科目，贷记"银行存款"科目，按借贷双方之间的差额借记或贷记"应付债券——利息调整"科目。

对于一次还本、分期付息的债券，企业应于资产负债表日按摊余成本和实际利率计算确定的债券利息费用，借记"在建工程"、"制造费用"、"财务费用"等科目；按票面利率计算确定的应付未付利息，贷记"应付利息"科目；按其差额，借记或贷记"应付债券——利息调整"科目。

3. 融资租赁

租赁是指在约定期限内，出租人将资产使用权让与承租人，以获取租金的协议。租赁的主要特征是转移资产的使用权，而不是转移资产的所有权，并且这种转移是有偿的，取得使用权以支付租金为代价。

企业租赁固定资产分为经营租赁和融资租赁。满足下列标准之一的，应认定为融资租赁。

（1）在租赁期届满时，资产的所有权转移给承租人。

（2）承租人有购买租赁资产的选择权，所订立的购价预计远低于行使选择权时租赁资产的公允价值，因而在租赁开始日就可合理地确定承租人将会行使这种选择权。

（3）租赁期占租赁资产使用寿命的大部分。这里的"大部分"掌握在租赁期占租赁开始日租赁资产使用寿命的75%以上（含75%，下同）。

（4）就承租人而言，租赁开始日最低租赁付款额的现值几乎相当于租赁开始日租赁资产公允价值；就出租人而言，租赁开始日最低租赁收款额的现值几乎相当于租赁开始日租赁资产公允价值。这里的"几乎相当于"掌握在90%（含90%）以上。

（5）租赁资产性质特殊，如果不作较大修整，只有承租人才能使用。这条标准是指租赁资产是出租人根据承租人对资产型号、规格等方面的特殊要求专门购买或建造的，具有专购、专用性质。这些租赁资产如果不作较大的重新改制，其他企业通常难以使用。这种情况下，该项租赁也应当认定为融资租赁。

4. 吸收的直接投资

按照我国有关法律规定，投资者设立企业首先必须投入资本。实收资本是投资者投入资本形成法定资本的价值；所有者向企业投入的资本，在一般情况下无须偿还，可以长期周转使用。实收资本的构成比例，即投资者的出资比例或股东的股份比例，通常是确定所有者在企业所有者权益中所占的份额和参与企业财务经营决策的基础，也是企业进行利润分配或股利分配的依据，同时还是企业清算时确定所有者对净资产的要求权的依据。

企业应当设置"实收资本"科目，核算企业接受投资者投入的实收资本，股份有限公司应将该科目改为"股本"。投资者可以用现金投资，也可以用现金以外的其他有形资产投资，符合国家规定比例的，还可以用无形资产投资。企业收到投资时，一般应作如下会计处理：收到投资人投入的现金，应在实际收到或者存入企业开户银行时，按实际收到的金额，借记"银行存款"科目；以实物资产投资的，应在办理实物产权转移手续时，借记有关资产科目。以无形资产投资的，应按照合同、协议或公司章程规定在移交有关凭证时，借记"无形资产"科目；按投入资本在注册资本或股本中所占份额，贷记"实收资本"或"股本"科目；按其差额，贷记"资本公积——资本溢价"或"资本公积——股本溢价"等科目。

二、投资岗位实训简介

1. 交易性金融资产

交易性金融资产是指企业为了近期内出售而持有的金融资产。通常情况下，它是指以赚取差价为目的从二级市场购入的股票、债券和基金等。

金融资产满足下列条件之一的，应当划分为交易性金融资产。

（1）取得金融资产的目的是为了近期内出售或回购。

（2）属于进行集中管理的可辨认金融工具组合的一部分，具有客观证据表明企业近期采用短期获利方式对该组合进行管理。

（3）属于金融衍生工具，如国债期货、远期合同、股指期货等，其公允价值变动大于零时，应将其相关变动金额确认为交易性金融资产，同时计入当期损益。但是，如果衍生工具被企业指定为有效套期工具，则不应确认为交易性金融资产。

企业取得交易性金融资产时，按交易性金融资产的公允价值，借记本科目（成本）；按发生的交易费用，借记"投资收益"科目；按实际支付的金额，贷记"银行存款"等科目；按已到付息期但尚未领取的利息或者已经宣告发放但尚未发放的现金股利，借记"应收股利（利息）"科目；按实际支付的金额，贷记"银行存款"等科目。

在持有交易性金融资产期间被投资单位宣告发放的现金股利或在资产负债表日按债券票面利率计算利息时，借记"应收股利（利息）"科目，贷记"投资收益"科目。

资产负债表日，交易性金融资产的公允价值高于其账面余额的差额，借记本科目（公允价值变动），贷记"公允价值变动损益"科目；公允价值低于其账面余额的差额，做相反的会计分录。

出售交易性金融资产时，应按实际收到的金额与交易性金融资产成本或公允价值变动之间的差额，贷记或借记"投资收益"科目。同时，将该金融资产的公允价值变动转入投资收益，借记或贷记"公允价值变动损益"。

2. 持有至到期投资

持有至到期投资是指到期日固定、回收金额固定或可确定，且企业有明确意图和能力持有至到期的非衍生金融资产。

企业取得的持有至到期投资，应按取得该投资的公允价值与交易费用之和，借记本科目（成本、利息调整），贷记"银行存款"、"应交税费"等科目。

购入的分期付息、到期还本的持有至到期投资，已到付息期按面值和票面利率计算确定的应收未收的利息，借记"应收利息"科目；按摊余成本和实际利率计算确定的利息收入的金额，贷记"投资收益"科目；按其差额，借记或贷记本科目（利息调整）。

到期一次还本付息的债券等持有至到期投资，在持有期间按摊余成本和实际利率计算确定的利息收入的金额，借记本科目（应计利息），贷记"投资收益"科目。

收到持有至到期投资按合同支付的利息时，借记"银行存款"等科目，贷记"应收利息"科目或本科目（应计利息）。

收到取得持有至到期投资支付的价款中包含的已宣告发放债券利息，借记"银行存款"科目，贷记本科目（成本）。

持有至到期投资在持有期间按采用实际利率法计算确定的折价摊销额，借记本科目（利息调整），贷记"投资收益"科目；溢价摊销额，做相反的会计分录。

出售持有至到期投资时，应按收到的金额，借记"银行存款"等科目，已计提减值准备的，借记"持有至到期投资减值准备"科目；按其账面余额，贷记本科目（成本、利息调整、应计利息）；按其差额，贷记或借记"投资收益"科目。

3. 长期股权投资

长期股权投资是指通过投资取得被投资单位的股份。长期股权投资在取得时，应按初始投资成本入账。长期股权投资的初始成本，应分别企业合并和非企业合并两种情况确定。

企业合并形成的长期股权投资，应当按照下列规定确定其初始投资成本。

（1）同一控制下的企业合并，合并方以支付现金、转让非现金资产或承担债务方式作为合并对价的，应当在合并日按照取得被合并方所有者权益账面价值的份额作为长期股权投资的初始投资成本。长期股权投资初始投资成本与支付的现金、转让的非现金资产以及所承担债务账面价值之间的差额，应当调整资本公积；资本公积不足冲减的，调整留存收益。合并方以发行权益性证券作为合并对价的，按照发行股份的面值总额作为股本，长期股权投资初始投资成本与所发行股份面值总额之间的差额，应当调整资本公积；资本公积不足冲减的，调整留存收益。

（2）非同一控制下的企业合并，购买方在购买日应当按照《企业会计准则第20号——企业合并》确定的合并成本作为长期股权投资的初始投资成本。

除企业合并形成的长期股权投资以外，以其他方式取得的长期股权投资，应当按照下列规定确定其初始投资成本。

以支付现金取得的长期股权投资，应当按照实际支付的购买价款作为初始投资成本。初始投资成本包括与取得长期股权投资直接相关的费用、税金及其他必要支出。

以发行权益性证券取得的长期股权投资，应当按照发行权益性证券的公允价值作为初始投资成本。

投资者投入的长期股权投资，应当按照投资合同或协议约定的价值作为初始投资成本，但合同或协议约定价值不公允的除外。

通过非货币性资产交换取得的长期股权投资，其初始投资成本应当按照《企业会计准则第7号——非货币性资产交换》确定。

通过债务重组取得的长期股权投资，其初始投资成本应当按照《企业会计准则第12号——债务重组》确定。

长期股权投资在持有期间，根据投资企业对被投资单位的影响程度及是否存在活跃市场、公允价值能否可靠取得等进行划分，应当分别采用成本法及权益法进行核算。

成本法是指投资按成本计价的方法。长期股权投资的成本法适用于以下情况：

（1）企业持有的能够对被投资单位实施控制的长期股权投资；

（2）投资企业对被投资单位不具有共同控制或重大影响，且在活跃市场中没有报价、公允价值不能可靠计量的长期股权投资。

权益法是指以初始投资成本计量后，在投资持有期间根据投资企业享有被投资企业所有者权益的份额的变动对投资的账面价值进行调整的方法。投资企业对被投资单位具有共同控制或重大影响的长期股权投资，即对合营企业及对联营企业投资，应当采用权益法核算。

第三单元　实训模拟企业简介

一、企业简介

企业名称：石家庄东方股份有限公司

法人代表：张军平

经营地址：石家庄市高新区燕山大街 12 号

邮　　编：050035

电　　话：0311－81234567

传　　真：0311－87654321

经营范围：主要生产并销售 I 型、II 型、III 型金属构件

纳税人识别号：130000000000000

公司开户银行：中国工商银行石家庄市分行开发区支行（基本存款账户）

账　　号：0402021234567890121

记账本位币：人民币

纳　税　人：一般纳税人

行　　业：工业

类　　型：股份制

会计制度：执行企业会计准则

凭证类别：收款、付款、转账

二、主要银行结算方式

该企业主要银行结算方式见表1-1。

表 1-1　主要银行结算方式

编号	结算方式
1	现金结算
2	支票结算
201	现金支票
202	转账支票
3	汇兑
301	信汇
302	电汇
4	托收承付
5	其他

三、部分职员职业档案

该企业部分职员职业档案见表 1-2。

表 1-2　部分职员职业档案

职员编号	职员名单	所属部门及岗位
101	张雪	公司办公室负责人
102	李先锋	公司办公室职员
102	姚雪	财务部主管
103	张亮	财务部出纳
104	高丹	财务部会计
105	李芳	财务部会计
301	李浩	供应部负责人
302	王来顺	供应部职员
303	刘宾	供应部职员
501	王平	销售部职员

四、主要供应商档案

该企业主要供应商档案见表 1-3。

表1-3　主要供应商档案

编号	名称	税务登记号	开户银行	账号
01	石家庄兴管钢材有限责任公司	130111111111111	工行石家庄分行和平路支行	0402020111111111111
02	正定市供电局	13012360103210X	正定工行	0402023234567890123
03	石家庄永昌钢材有限公司	130343958981223	工行石家庄分行开发区支行	0402025234567890125
04	石家庄建投天然气有限公司	13011177917513X	建行开发区支行	1300161200805050112X
05	廊坊市机械厂	322459099666666	工行廊坊市分行安次区支行	13324783991234567890

五、主要客户档案

该企业的主要客户档案见表1-4。

表1-4　主要客户档案

编号	名称	税务登记号	开户银行	账号
01	石家庄辉煌有限公司	130555555555555	建行石家庄分行开发区支行	1300102030405060708
02	北京光明机械股份有限公司	110666666666666	北京银行望京路支行	0102029876543210123
03	广东飞跃焦化股份有限公司	710105167860796	工商银行广州分行	56040321331234567890
04	石家庄利达有限公司	130888888888888	工行石家庄分行建华支行	0402024234567890124

第二部分

融资岗位实训

第一单元　融资业务流程

一、负债融资业务流程

（一）贷款结算工作流程

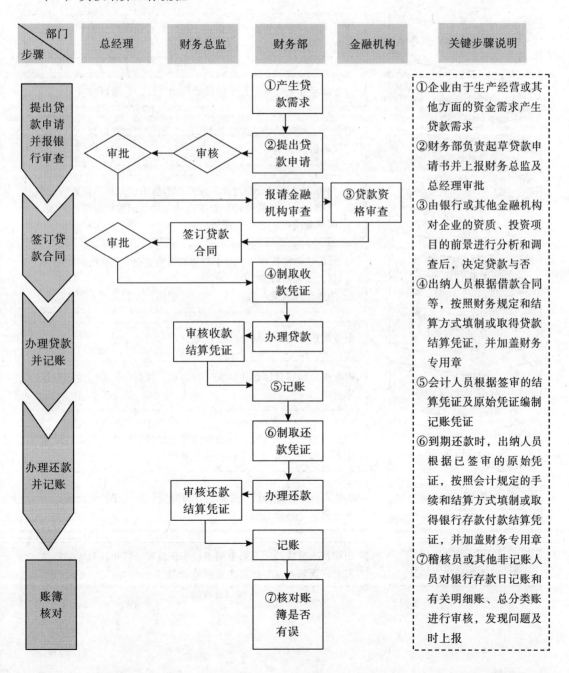

步骤 \ 部门	总经理	财务总监	财务部	金融机构	关键步骤说明
提出贷款申请并报银行审查	审批	审核	①产生贷款需求 ②提出贷款申请 报请金融机构审查	③贷款资格审查	①企业由于生产经营或其他方面的资金需求产生贷款需求 ②财务部负责起草贷款申请书并上报财务总监及总经理审批 ③由银行或其他金融机构对企业的资质、投资项目的前景进行分析和调查后，决定贷款与否
签订贷款合同	审批	签订贷款合同	④制取收款凭证		④出纳人员根据借款合同等，按照财务规定和结算方式填制或取得贷款结算凭证，并加盖财务专用章
办理贷款并记账		审核收款结算凭证	办理贷款 ⑤记账		⑤会计人员根据签审的结算凭证及原始凭证编制记账凭证
办理还款并记账		审核还款结算凭证	⑥制取还款凭证 办理还款 记账		⑥到期还款时，出纳人员根据已签审的原始凭证，按照会计规定的手续和结算方式填制或取得银行存款付款结算凭证，并加盖财务专用章
账簿核对			⑦核对账簿是否有误		⑦稽核员或其他非记账人员对银行存款日记账和有关明细账、总分类账进行审核，发现问题及时上报

17

（二）长期借款工作流程

| 提出借款申请 | 财务部门向银行提出借款申请，说明借款种类、用途、金额等 |

| 报经银行审查 | 银行对企业的资质、投资项目的前景进行分析调查后，决定贷款与否，以及贷款数额的多少 |

| 签订借款合同 | 经银行审核通过后，由企业主管领导负责与银行订立借款合同 |

| 办理借款 | 财务人员负责向银行办理借款手续，银行依据合同的约定发放贷款 |

| 取得借款凭证 | 财务部经办人员取得齐全的借款原始凭证，并进行核对 |

| 借款核算 | 借款时，按原始凭证编制收款凭证，借记"银行存款"，贷记"长期借款" |

| 登记账簿 | 1. 财务人员将"长期借款"账户按借款单位和种类设置明细账
2. 出纳人员、分管会计和总账会计分别登记银行存款日记账、明细分类账、总分类账等 |

| 计提利息 | 1. 计提长期借款利息，属于筹建期间的借记"长期待摊费用"，贷记"长期借款"账户
2. 为生产经营借入的，借记"财务费用"，贷记"长期借款" |

| 办理还款 | 财务部按照还款计划办理还款事宜 |

| 取得还款凭证 | 财务部取得还款原始凭证并进行核对，核对一致后送主管领导审批 |

| 还款核算 | 归还长期借款本息时，按原始凭证编制付款凭证，借记"长期借款"账户，贷记"银行存款"账户 |

| 登记账簿 | 出纳人员、分管会计、总账会计分别登记银行存款日记账、明细分类账、总分类账 |

| 账证、账账、账单核对 | 由稽核人员或制定人员定期进行账证核对、账单核对、账账核对，发现误差及时报请主管领导处理 |

（三）短期借款工作流程

取得借款凭证	┄┄	财务部办理短期借款并取得短期借款原始凭证、结算凭证
借款核算	┄┄	借款时，应按原始凭证，编制收款凭证，借记"银行存款"账户，贷记"短期借款"账户并签章
登记账簿	┄┄	出纳员、分管会计和总账会计分别登记银行存款日记账、明细分类账、总分类账
计提利息	┄┄	短期借款利息一律计入财务费用，预提利息的，借记"财务费用"，贷记"应付利息"
支付利息核算	┄┄	1. 预提利息的，付款时借记"应付利息"，贷记"银行存款" 2. 不预提利息的，付款时借记"财务费用"，贷记"银行存款"
取得还款凭证	┄┄	到期还本付息时，取得还款凭证并进行核对
还款核算	┄┄	归还短期借款本金时，借记"短期借款"账户，贷记"银行存款"账户；归还利息时，借记"财务费用"，贷记"银行存款"
登记账簿	┄┄	出纳员、分管会计和总账会计分别登记银行存款日记账、明细分类账、总分类账
账证、账账、账单核对	┄┄	由稽核人员或制定人员定期进行账证核对、账单核对、账账核对，发现误差及时报请主管领导处理

二、权益融资业务流程

（一）实收资本工作流程

| 实收资本投入 | 1. 企业股东或企业所有人按照企业章程、协议的约定将资本存入企业银行账户
2. 投入资产的形式包括现金资产、固定资产和无形资产 |

| 汇总、审核原始凭证 | 财务人员根据企业章程、合同或协议汇总收到的资本存入账户的凭证，并对凭证的真实性进行审核 |

| 制作记账凭证 | 财务人员根据原始凭证制作存款记账凭证 |

| 账务处理 | 1. 财务人员根据企业账务处理的规定和制度，登记日记账、明细账和汇总账
2. 财务人员以实际收到的金额为准，借记"银行存款"，贷记"实收资本" |

| 账目核对 | 财务人员对原始凭证、记账凭证以及明细账和总分类账进行复核，确保账证相符、账实相符、账账相符 |

| 编制相关报表 | 财务人员根据实收资本的情况编制相关财务报表，送相关人员和主管领导审阅 |

（二）资本公积工作流程

| 产生资本公积金 | 1. 企业因资本、资产本身或其他原因产生资本公积
2. 资本公积金主要来源于溢价收入、接收的赠予、资产增值等 |

| 收集、审核原始凭证 | 财务人员收集并审核各类资本（资金）投入的原始凭证，重点审核原始凭证的准确性和真实性 |

| 编制记账凭证 | 财务人员根据原始凭证编制记账凭证，记账凭证包括付款凭证、收款凭证和转账凭证等 |

| 账务处理 | 1. 财务人员根据国家和企业规定的会计科目进行资本公积的会计分录，包括日记账、明细账和总分类账的登记等
2. 资本公积科目以"资本溢价"和"其他资本公积"进行核算 |

| 账目核对 | 根据企业财务稽核制度，对账目进行核对，确保账证相符、账实相符 |

第二单元 实训任务与指导

实训一 长期借款融资实训

一、实训资料

该公司 2010 年 1 月发生了以下与长期借款有关的业务。

> 【提示 1】长期借款是指企业从银行或其他金融机构借入的期限在一年以上（不含一年）的借款。

（1）2010 年 1 月 1 日，向中国工商银行石家庄分行借入期限为两年的长期专门借款 1 000 000 元，款项已存入银行。借款利率按市场利率确定为 9%，每年付息一次，期满后一次还清本金。2010 年年初，以银行存款支付工程价款共计 600 000 元，2011 年年初又以银行存款支付工程费用 400 000 元。该厂房于 2011 年 8 月底完工，达到预定可使用状态。原始凭证如下。

> 【提示 2】企业借入各种长期借款时，按实际收到的款项，借记"银行存款"科目，贷记"长期借款——本金"；按借贷双方之间的差额，借记"长期借款——利息调整"。

文案名称		融资申请书		受控状态	
				编　号	
执行部门		监督部门		考证部门	

中国工商银行：

　　本公司主要从事零售金属材料、建筑材料及化工材料的研发、生产等相关业务。注册资金2 000万元，企业性质属有限责任公司。

　　公司一向重信誉、守合同，目前与中国银行石家庄分行、中国建设银行石家庄分行有信贷关系，在与银行交往的过程中，从来都是按期支付利息和归还贷款本金。与经营客户订立的合同履约率为100％，多次被有关部门评为守合同、重信誉的单位。

　　鉴于本公司新产品属于科技开发项目，有投资少、工期短、见效快、效益高、还债能力强等特点，现需增加厂房设备以支持新产品研发。

　　现特向贵行申请给予建设贷款100万元，保证在两年内全部还清，望予以支持，以确保这个新产品开发项目能如期投产创利。

石家庄东方股份有限公司

2009年12月1日

编制日期		审核日期		批准日期	

中国工商银行借款合同

立合同单位：

中国工商银行石家庄分行（以下简称贷款方）

石家庄东方股份有限公司（以下简称借款方）

一、借款种类：长期借款

二、借款金额：（大写）人民币壹佰万元整

三、借款用途：厂房建设

四、借款利率：9%，按年付息，到期还本

五、借款期限：两年，借款时间自 2010 年 1 月 1 日起至 2011 年 12 月 31 日止

贷款方：  法人代表：陈强

借款方：  法人代表：张军平

中国工商银行（长期贷款）借款凭证（回单）

日期：2010 年 1 月 1 日

收款单位	全 称	石家庄东方股份有限公司		付款单位	全 称	工商银行石家庄分行开发区支行
	账 号	0402021234567890121			账 号	50250002
	开户银行	工商银行开发区支行			开户银行	工商银行石家庄分行

借款期限	2 年		年利率	9%	起息日期	2010 年 1 月

借款申请金额	人民币（大写）	壹佰万元整	亿	千	百	十	万	千	百	十	元	角	分
			¥	1	0	0	0	0	0	0	0	0	0
借款原因及用途	建造厂房	银行核定金额	亿	千	百	十	万	千	百	十	元	角	分
			¥	1	0	0	0	0	0	0	0	0	0

备注：按年付息，到期还本	期限	计划还款日期	计划还款本金
	2 年	2011 年 12 月 31 日	1 000 000

兹将款项转给你单位开户银行账户，借款到期时应按期归还。

此致

（银行盖章）

转讫 2010 年 1 月 1 日

中国工商银行石家庄
开发区支行
2010. 1. 1

（2）2011 年 12 月 31 日，计算 2011 年应计入工程成本的利息。

【提示3】因借款而发生的利息，包括企业向银行或者其他金融机构等借入资金发生的利息、发行公司债券发生的利息，以及为购建或者生产符合资本化条件的资产而发生的带息债务所承担的利息等。

原始凭证如下。

长期借款利息计算表

2010 年 1 月 1 日

本金	利率	计息期限	利息
1 000 000	9%	2010 年 12 月 31 日	90 000
1 000 000	9%	2011 年 12 月 31 日	90 000

会计主管：姚雪   制表：王刚

（3）2010 年 12 月 31 日，根据借款合同支付借款利息。

（4）2011 年 12 月 31 日，计算 2011 年应计入工程成本和财务费用的利息。

（5）2011 年 12 月 31 日，根据借款合同支付借款利息。

（6）2012 年 1 月 1 日，到期偿还借款本金。

二、实训要求

根据实训资料，对长期借款的相关业务进行会计处理。

三、实训准备材料

转账凭证	4 张
收款凭证	1 张
付款凭证	5 张
三栏式明细账	2 张

四、实训目标与检测标准

长期借款业务会计处理的实训目标与检测标准如表 2-2-1 所示。

表 2-2-1　长期借款业务会计处理的实训目标与检测标准

	目标	评分	检测标准	占总成绩比例
知识目标	掌握"长期借款"账户的核算范围	100 分	核算范围错误，扣 100 分	5%
	掌握长期借款入账价值的确定	100 分	期限、利率、利息支付方式少一项，扣 20 分	5%
	掌握专门借款和一般借款的利息资本化方法和账务处理的不同	100 分	两者的目的或账务处理每一处错误，扣 25 分	5%
	掌握长期借款利息账务处理中资本化与费用化的不同	100 分	各种方法下利息偿还时的账务处理每一处错误，扣 25 分	5%
	掌握长期借款业务的会计分录	100 分	每错一个分录扣 20 分	20%
小　计				40%
技能目标	掌握长期借款业务的流程	100 分	每错或漏一项，扣 50 分	10%
	掌握长期借款相关业务原始凭证的审核	100 分	真实性、合规性、合法性、完整性，每漏一项扣 25 分	10%
	掌握长期借款相关业务记账凭证的填制	100 分	内容不完整或填写不规范、不正确的，每处扣 10 分	20%
	掌握长期借款明细账的登记	100 分	内容不完整或填写不规范、不正确的，每处扣 10 分	20%
小　计				60%
合　计				100%

五、实训步骤与指导

(一) 实训步骤

长期借款业务会计处理的实训步骤如表 2-2-2 所示。

表 2-2-2　长期借款业务会计处理的实训步骤

步骤	具体要求
1	对借款合同、银行进账单、银行对账单、银行存款日记账等原始凭证进行审核
2	根据审核后的原始凭证填制记账凭证
3	将记账凭证提交财务负责人稽核
4	根据稽核后的记账凭证登记"长期借款明细账"

(二) 实训指导

1. 审核原始凭证的实训指导如表 2-2-3 所示。

表 2-2-3　审核原始凭证的实训指导

审核项目	审核内容
真实性审核	鉴别原始凭证的真伪,尤其是借款合同、银行进账单、对账单等,须认真检验有无冒充或假造。对于不真实的原始凭证应不予受理,并予以扣留,请求查明原因,追究当事人的责任
合法性、合规性审核	审核凭证内容是否符合财经法规、会计制度,是否符合规定的审核权限和手续,有无背离企业内部控制制度的要求。对于不合规、不合法的原始凭证应拒绝办理并立即上报单位领导
完整性审核	审核凭证的要素项目填写是否齐全、记载是否准确。对于不完整的原始凭证应予以退回,并要求按照国家统一的会计制度的规定进行更正、补充

2. 长期借款业务会计核算的实训指导如表 2-2-4 所示。

表 2-2-4　长期借款业务会计核算的实训指导

业务内容	会计核算
取得长期借款	借：银行存款 　　贷：长期借款——本金
计算利息费用	借：在建工程/财务费用 　　贷：应付利息
支付利息	借：应付利息 　　贷：银行存款
归还借款	借：长期借款——本金 　　贷：银行存款

3. 填制与审核记账凭证的实训指导如表 2-2-5 所示。

表 2-2-5　填制与审核记账凭证的实训指导

具体项目	实训指导
记账凭证 的填制	收、付款凭证应根据有关现金、银行存款和其他货币资金收付业务的原始凭证填制。本实训中，付款凭证应根据银行存款付款业务的转账支票填制，收款凭证应根据银行存款收款业务的转账支票填制
	转账凭证应根据转账业务的原始凭证或账簿记录填制。本实训中，转账凭证应根据转账业务的原始凭证填制

具体项目	实训指导
记账凭证 的审核	审核记账凭证是否附有原始凭证，记账凭证的内容与原始凭证的内容是否相符，金额是否一致
	审核凭证中会计科目的使用是否正确，二级或明细科目是否齐全；账户对应关系是否清晰；金额计算是否准确无误
	审核记账凭证中有关项目是否填列齐全，有关人员是否签名、盖章

4. 登记"长期借款明细账"的实训指导。

"长期借款"账户按借入款项的银行设置明细账，采用三栏式明细账进行核算登记。登记的基本要求如表 2-2-6 所示。

表 2-2-6　登记"长期借款明细账"的基本要求

基本要求	具体内容
准确完整	登记"长期借款明细账"时，应当将会计凭证日期、编号、业务内容摘要、金额和其他有关资料逐项记入账内，做到数字准确、摘要清楚、登记及时、字迹工整
注明记账符号	每笔业务登记完毕，应在记账凭证上签名或盖章，并在记账凭证的"过账"栏内注明账簿页数或画"√"，表示已经记账，防止漏记和重记
用蓝色或黑色 墨水记账	登记"长期借款明细账"时，应用蓝色或黑色墨水书写，不得使用铅笔或圆珠笔
按顺序连续登记	记账时，应按页次、行次顺序连续登记，不得发生跳行、隔页。如果发生跳行、隔页，应当将空行、空页划线注销，或者注明"此行空白"、"此页空白"字样，并由记账人员签名或盖章
书写规范	账簿中书写的文字和数字应紧靠行格底线书写，不要写满格子，一般应占格距的1/2，以便更正错账时书写正确的文字或数字

基本要求	具体内容
每页登记完毕，应办理转页手续	当账页记到本页最后第二行时，应留出末行，加记本月发生额合计数和结出余额，在摘要栏注明"转次页"字样，并将本月发生额合计和余额转入下一页的第一行，在摘要栏注明"承前页"字样
注明余额方向	"长期借款明细账"结出余额后，应在"借或贷"栏内写明"借"或"贷"字样，表明余额的性质。没有余额的账户，应在"借或贷"栏写"平"字，并在余额栏"元"位上用"0"表示
期末应进行结账	期末时应结出每个长期借款明细账户的本期发生额和期末余额，进行结账，并将余额转入下一会计期间，作为该账户的期初余额

六、实训结果

本实训需进行下列账务处理。

（1）2010 年 1 月 1 日，取得借款时：

借：银行存款   1 000 000

    贷：长期借款   1 000 000

收 款 凭 证

借方科目：银行存款   2010年 1 月 1 日   收字 1 号

摘　　要	贷 方 科 目		金　　额	√	附件
	一级科目	明细科目	千百十万千百十元角分		
取得借款	长期借款		1 0 0 0 0 0 0 0 0		叁
					张
合　　计			￥1 0 0 0 0 0 0 0 0		

会计主管：姚雪   记账：张亮   出纳：张亮   审核：张小妮   制单：王刚

（2）2010 年初，支付工程款时：

借：在建工程   600 000

    贷：银行存款   600 000

付 款 凭 证

贷方科目：银行存款   2010 年 1 月 1 日   付字 1 号

摘　　要	借 方 科 目		金　　额	√	附件
	一级科目	明细科目	千百十万千百十元角分		
支付工程款	在建工程		6 0 0 0 0 0 0 0		壹
					张
合　　计			￥6 0 0 0 0 0 0 0		

会计主管：姚雪   记账：张亮   出纳：张亮   审核：张小妮   制单：王刚

（3）2010 年 12 月 31 日，计算 2010 年应计入工程成本的利息时：

借款利息 = 1 000 000 × 9% = 90 000（元）

借：在建工程　　　　　　　　　　　　　　　　　　　　　90 000

　　贷：应付利息　　　　　　　　　　　　　　　　　　　　90 000

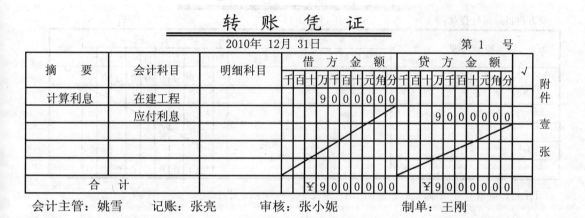

转　账　凭　证

2010年 12月 31日　　　　　　　　　第 1 号

摘　要	会计科目	明细科目	借 方 金 额										贷 方 金 额										√
			千	百	十	万	千	百	十	元	角	分	千	百	十	万	千	百	十	元	角	分	
计算利息	在建工程				9	0	0	0	0	0	0												
	应付利息														9	0	0	0	0	0	0		
合　计				¥	9	0	0	0	0	0	0			¥	9	0	0	0	0	0	0		

会计主管：姚雪　　　记账：张亮　　　　审核：张小妮　　　　　制单：王刚

（4）2010 年 12 月 31 日支付借款利息时：

借：应付利息　　　　　　　　　　　　　　　　　　　　　90 000

　　贷：银行存款　　　　　　　　　　　　　　　　　　　　90 000

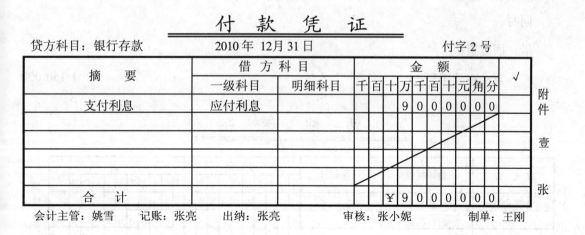

付　款　凭　证

贷方科目：银行存款　　　　　　2010 年 12 月 31 日　　　　　　付字 2 号

摘　要	借 方 科 目		金　额									√
	一级科目	明细科目	千	百	十	万	千	百	十	元	角	分	
支付利息	应付利息				9	0	0	0	0	0	0		
合　计					¥	9	0	0	0	0	0	0	

会计主管：姚雪　　记账：张亮　　　出纳：张亮　　　　审核：张小妮　　　　制单：王刚

（5）2011 年初支付工程款时：

借：在建工程 400 000

贷：银行存款 400 000

付 款 凭 证

贷方科目：银行存款　　　　2010 年 1 月 1 日　　　　付字 3 号

摘　要	借　方　科　目		金　额										√
	一级科目	明细科目	千	百	十	万	千	百	十	元	角	分	
支付工程款	在建工程			4	0	0	0	0	0	0	0		
合　计				¥	4	0	0	0	0	0	0	0	

附件壹张

会计主管：姚雪　　记账：张亮　　出纳：张亮　　审核：张小妮　　制单：王刚

（6）2011 年 8 月底达到预定可使用状态，

计算该期应计入工程成本的利息：（1 000 000 × 9% ÷ 12）× 8 = 60 000（元）

借：在建工程 60 000

贷：应付利息 60 000

同时：

借：固定资产 1 150 000

贷：在建工程 1 150 000

转 账 凭 证

2011年 8月 31日　　　　第 2 号

摘　要	会计科目	明细科目	借 方 金 额									贷 方 金 额									√
			千	百	十	万	千	百	十	元	角	分	千	百	十	万	千	百	十	元	角	分	
计算利息	在建工程					6	0	0	0	0	0	0										
	应付利息															6	0	0	0	0	0	0	
合　计						¥	6	0	0	0	0	0	0			¥	6	0	0	0	0	0	0	

附件壹张

会计主管：姚雪　　记账：张亮　　审核：张小妮　　制单：王刚

转 账 凭 证

2011年 8月 31日　　　　　　　　第 3 号

摘　要	会计科目	明细科目	借 方 金 额										贷 方 金 额										√
			千	百	十	万	千	百	十	元	角	分	千	百	十	万	千	百	十	元	角	分	
资产完工	固定资产			1	1	5	0	0	0	0	0	0											
	在建工程													1	1	5	0	0	0	0	0	0	
合　计			¥	1	1	5	0	0	0	0	0	0	¥	1	1	5	0	0	0	0	0	0	

附件 壹 张

会计主管：姚雪　　记账：张亮　　审核：张小妮　　制单：王刚

（7）2011 年 12 月 31 日，计算 2011 年 9 ~ 12 月应计入财务费用的利息：

（1 000 000 × 9% ÷ 12）× 4 = 30 000（元）

借：财务费用　　　　　　　　　　　　　　　　　30 000

　　贷：应付利息　　　　　　　　　　　　　　　　30 000

转 账 凭 证

2011年 12月 31日　　　　　　　　第 4 号

摘　要	会计科目	明细科目	借 方 金 额										贷 方 金 额										√
			千	百	十	万	千	百	十	元	角	分	千	百	十	万	千	百	十	元	角	分	
计算利息	财务费用					3	0	0	0	0	0	0											
	应付利息															3	0	0	0	0	0	0	
合　计						¥	3	0	0	0	0	0				¥	3	0	0	0	0	0	

附件 壹 张

会计主管：姚雪　　记账：张亮　　审核：张小妮　　制单：王刚

（8）2011 年 12 月 31 日支付利息时：

借：应付利息   90 000

    贷：银行存款   90 000

付 款 凭 证

贷方科目：银行存款   2011 年 1月 1日   付字 4 号

摘　要	借　方　科　目		金　额									√
	一级科目	明细科目	千	百	十	万	千	百	十	元	角	分
支付利息	应付利息					9	0	0	0	0	0	0
合　计					¥	9	0	0	0	0	0	0

会计主管：姚雪   记账：张亮   出纳：张亮   审核：张小妮   制单：王刚

附件 壹 张

（9）2012 年 1 月 1 日到期还本时：

借：长期借款   1 000 000

    贷：银行存款   1 000 000

付 款 凭 证

贷方科目：银行存款   2010 年 1月 1日   付字 5 号

摘　要	借　方　科　目		金　额									√
	一级科目	明细科目	千	百	十	万	千	百	十	元	角	分
到期还本	长期借款			1	0	0	0	0	0	0	0	0
合　计			¥	1	0	0	0	0	0	0	0	0

会计主管：姚雪   记账：张亮   出纳：张亮   审核：张小妮   制单：王刚

附件 壹 张

明　细　分　类　账

会计科目：长期借款

2010年		凭证		摘　要	√	借　方										贷　方										借或贷	余　额									
月	日	种类	号数			千	百	十	万	千	百	十	元	角	分	千	百	十	万	千	百	十	元	角	分		千	百	十	万	千	百	十	元	角	分
1	1	收款	1	取得借款	√												1	0	0	0	0	0	0	0	0	贷		1	0	0	0	0	0	0	0	0

明 细 分 类 账

会计科目：长期借款

2011年		凭证		摘　要	√	借　方	贷　方	借或贷	余　额
月	日	种类	号数			千百十万千百十元角分	千百十万千百十元角分		千百十万千百十元角分
1	1			期初余额			1 0 0 0 0 0 0 0 0 0	贷	1 0 0 0 0 0 0 0 0 0
12	31	付款	5	偿还本金		1 0 0 0 0 0 0 0 0 0			0 0 0

实训二 发行债券融资实训

一、实训资料

1. 为了核算与监督应付债券的发行和结算情况，企业设置了"应付债券"账户，并按应付债券的发行种类设置明细账。

【提示1】公司债券的发行方式有三种，即面值发行、溢价发行和折价发行。假设其他条件不变，债券的票面利率高于同期银行存款利率时，可按超过债券票面价值的价格发行，称为溢价发行；溢价是企业以后各期多付利息而事先得到的补偿。如果债券的票面利率低于同期银行存款利率，可按低于债券面值的价格发行，称为折价发行；折价是企业以后各期少付利息而预先给投资者的补偿。如果债券的票面利率与同期银行存款利率相同，可按票面价格发行，称为面值发行。溢价或折价是发行债券企业在债券存续期间对利息费用的一种调整。

2. 该公司2010年1月份发生了以下与应付债券相关的业务。

（1）2010年1月，公司经批准发行5年期一次还本、分期付息的公司债券10 000 000元，债券利息在每年12月31日支付，票面利率为年利率6%。假定债券发行时的市场利率为5%。发行价格为10 432 700元。原始凭证如下。

石家庄东方股份有限公司关于发行企业债券的请示

石家庄市发展和改革委员会：

为适应国民经济发展的要求，根据公司发展战略要求以及建设项目资金需求，我公司特申请发行企业债券壹仟万元人民币，期限五年，筹集资金全部用于工程建设。

附：申请发债企业基本情况

公司简介

1. 公司名称：石家庄东方股份有限公司
2. 地址：石家庄市高新区燕山大街 12 号
3. 法人代表：张军平
4. 注册资本：2 000 万元

妥否，请批示。

石家庄东方股份有限公司

2009 年 12 月 1 日

证券发行结算清单

2010 年 1 月 1 日

	企业名称	石家庄东方股份有限公司
发行债券	面值	100.00 元
	数量	100 000 张
	总价	10 000 000.00 元
	发行费用	——
	发行净额	10 000 000.00 元

国大证券有限责任公司

业务专用章

中国工商银行特种转账传票（贷方凭证）

2010 年 1 月 1 日

<table>
<tr><td rowspan="3">付款人</td><td>全　　称</td><td colspan="4">国大证券有限责任公司</td><td rowspan="3">收款人</td><td>全　　称</td><td colspan="10">石家庄东方股份有限公司</td></tr>
<tr><td>账　　号</td><td colspan="4">567894321078991</td><td>账　　号</td><td colspan="10">0402021234567890121</td></tr>
<tr><td>开户银行</td><td colspan="4">工商银行开发区支行</td><td>开户银行</td><td colspan="10">工商银行开发区支行</td></tr>
<tr><td rowspan="2">金额</td><td>人民币</td><td colspan="4" rowspan="2">壹仟万元整</td><td>亿</td><td>千</td><td>百</td><td>十</td><td>万</td><td>千</td><td>百</td><td>十</td><td>元</td><td>角</td><td>分</td></tr>
<tr><td>（大写）</td><td>¥</td><td>1</td><td>0</td><td>0</td><td>0</td><td>0</td><td>0</td><td>0</td><td>0</td><td>0</td><td>0</td></tr>
<tr><td colspan="2">原凭证金额</td><td colspan="2"></td><td>赔偿金</td><td colspan="2"></td><td colspan="10" rowspan="2">科目（　　）_____

对方科目（　　）_____</td></tr>
<tr><td colspan="2">原凭证名称</td><td colspan="2"></td><td>号　码</td><td colspan="2"></td></tr>
<tr><td colspan="2">转账原因</td><td colspan="5">债券款</td><td colspan="10"></td></tr>
<tr><td colspan="7">中国工商银行石家庄
开发区支行

2010. 01. 01

转讫　　　　银行盖章</td><td colspan="10">复核员　　　　记账</td></tr>
</table>

（2）2010 年 12 月 31 日，公司计算并归还应支付的利息，确认利息费用。原始凭证如下。

【提示2】资产负债表日，对于分期付息、一次还本的债券，企业应按应付债券的摊余成本和实际利率计算确定的债券利息费用，借记"在建工程"、"制造费用"、"财务费用"等科目；按票面利率计算确定的应付未付利息，贷记"应付利息"科目；按其差额，借记或贷记"应付债券——利息调整"科目。

应付债券利息计算表

2010 年 12 月 31 日

债券种类	期限	本金	计息期限	利率	应计利息	列支账户
企业债券	叁年	10 000 000.00	2010.1.1 至 2010.12.31	6%	600 000.00	在建工程
合计	——	——	——	——	¥600 000.00	——

审核：   制表：

中国工商银行计息通知（付款通知）

2010 年 12 月 31 日

付款人	全　称	石家庄东方股份有限公司	收款人	全　称	石家庄东方股份有限公司债券兑付资金专户
	账　号	0402021234567890121		账　号	5666787909112
	开户银行	石家庄工商银行开发区支行		开户银行	中央结算公司

金额	人民币（大写）	陆拾万元整	千	百	十	万	千	百	十	元	角	分
					¥	6	0	0	0	0	0	0	0

结息期	2010.12.31
计息基数	10 000 000.00
利率	6%

备注：

　　付息兑付资金

中国工商银行石家庄开发区支行
2014. 12. 31
转讫

（银行盖章）　　　　2010 年 12 月 31 日

（3）2011 年 12 月 31 日，公司计算并归还应支付的利息，确认利息费用。

2012 年 12 月 31 日，公司计算并归还应支付的利息，确认利息费用。

2013 年 12 月 31 日，公司计算并归还应支付的利息，确认利息费用。

【提示3】企业发行的债券通常分为到期一次还本付息或一次还本、分期付息两种。采用一次还本付息方式的，企业应于债券到期支付债券本息时，借记"应付债券——面值、应计利息"科目，贷记"银行存款"科目。采用一次还本、分期付息方式的，在每期支付利息时，借记"应付利息"科目，贷记"银行存款"科目；债券到期偿还本金并支付最后一期利息时，借记"应付债券——面值"、"在建工程"、"财务费用"、"制造费用"等科目，贷记"银行存款"科目，按借贷双方之间的差额，借记或贷记"应付债券——利息调整"科目。

（4）2014 年 12 月 31 日，公司归还本金和最后一年的利息。

中国工商银行债券本息（清算通知单）

2014 年 12 月 31 日

付款人	全　称	石家庄东方股份有限公司		收款人	全　称	石家庄东方股份有限公司 债券兑付资金专户										
	账　号	0402021234567890121			账　号	5666787909112										
	开户银行	工商银行开发区支行			开户银行	中央结算公司										
种类	债券	利率	6%	还款周期	2010 年 1 月 1 日至 2014 年 12 月 31 日											
本期应还本金	10 000 000.00			本期应还利息					600 000.00							
本期应还金额	人民币（大写）	壹仟万元整			亿	千	百	十	万	千	百	十	元	角	分	
					¥ 1	0	0	0	0	0	0	0	0	0	0	
备注：					中国工商银行石家庄开发区支行　2014. 12. 31　转讫　（银行盖章）　2014 年 12 月 31 日											

二、实训要求

根据实训资料，对应付票据相关业务进行会计处理。

三、实训准备材料

转账凭证	4 张
收款凭证	1 张
付款凭证	5 张
明细账	7 张

四、实训目标与检测标准

应付债券会计处理的实训目标与检测标准如表 2-2-7 所示。

表 2-2-7　应付债券会计处理的实训目标与检测标准

目标		评分	检测标准	占总成绩比例
知识目标	掌握"应付债券"账户的核算范围	100 分	核算范围错误，扣 100 分	10%
	掌握应付债券入账价值的确定	100 分	入账价值确定错误，扣 100 分	10%
	掌握应付债券应付利息和利息费用的计算	100 分	每错一个，扣 50 分	10%
	掌握应付债券相关业务的会计分录	100 分	每错一个分录，扣 10 分	20%
小　计				50%
技能目标	掌握应付债券业务的流程	100 分	每漏或错一步，扣 20 分，扣完为止	10%
	掌握应付债券相关业务原始凭证的审核	100 分	真实性、合规性、合法性、完整性，每漏一项扣 25 分	10%
	掌握应付债券相关业务记账凭证的填制	100 分	内容不完整或填写不规范、不正确的，每处扣 10 分	10%
	掌握应付债券明细账的登记	100 分	内容不完整或填写不规范、不正确的，每处扣 10 分	20%
小　计				50%
合　计				100%

五、实训步骤与指导

（一）实训步骤

应付债券业务会计处理的实训步骤如表 2-2-8 所示。

表 2-2-8　应付债券业务会计处理的实训步骤

步骤	具体要求
1	对应付债券审批手续、发行合同文件等原始凭证进行审核
2	根据审核后的原始凭证填制记账凭证
3	将记账凭证提交财务负责人稽核
4	根据稽核后的记账凭证登记"应付债券明细账"

（二）实训指导

1. 审核原始凭证的实训指导如表 2-2-3 所示。

2. 应付债券业务会计核算的实训指导如表 2-2-9 所示。

表 2-2-9　应付债券相关业务会计核算的实训指导

业务内容	会计核算
发行债券	借：银行存款 　　贷：应付债券——面值 　　　　应付债券——利息调整
计算应付利息，确认利息费用	借：财务费用 　　应付债券——利息调整 　　贷：应付利息
偿还债券本金及最后一期利息	借：财务费用 　　应付债券——面值 　　　　——利息调整 　　贷：银行存款

3. 填制与审核记账凭证的实训指导如表2-2-5所示。

4. 登记"应付债券明细账"的实训指导。

"应付债券"账户按企业发行应付债券的种类设置明细账，采用三栏式明细账进行核算，登记的基本要求如表2-2-6所示。

六、实训结果

该公司根据实训资料，采用实际利率法和摊余成本计算确定的利息费用，如下表所示。

利息费用一览表

单位：元

付息日期	支付利息	利息费用	摊销的利息调整	应付债券摊余成本
2010 年 1 月 1 日				10 432 700.00
2010 年 12 月 31 日	600 000	521 635.00	78 365.00	10 354 335.00
2011 年 12 月 31 日	600 000	517 716.75	82 283.25	10 272 051.75
2012 年 12 月 31 日	600 000	513 602.59	86 397.41	10 185 654.34
2013 年 12 月 31 日	600 000	509 282.72	90 717.28	10 094 937.06
2014 年 12 月 31 日	600 000	505 062.94 *	94 937.06	10 000 000.00

*尾数调整。

该公司的账务处理如下。

（1）2010 年 1 月 1 日发行债券时：

借：银行存款　　　　　　　　　　　　　　　　　　10 432 700

　　贷：应付债券——面值　　　　　　　　　　　　　10 000 000

　　　　　　　　——利息调整　　　　　　　　　　　　432 700

收　款　凭　证

借方科目：银行存款　　　　　2010年 1 月 1 日　　　　　收字 2 号

摘　　要	贷　方　科　目		金　　额									√
	一级科目	明细科目	千	百	十	万	千	百	十	元	角	分	
发行债券	应付债券	面值	1	0	0	0	0	0	0	0	0	0	
		利息调整		4	3	2	7	0	0	0	0	0	
合　　计			1	0	4	3	2	7	0	0	0	0	

会计主管：姚雪　　记账：张亮　　出纳：张亮　　审核：张小妮　　制单：王刚

附件 叁 张

（2）2010 年 12 月 31 日计算利息费用时：

借：财务费用等　　　　　　　　　　　　　　　　　　　　　　521 635

应付债券——利息调整　　　　　　　　　　　　　　　　　　　78 365

贷：应付利息　　　　　　　　　　　　　　　　　　　　　　　　　600 000

转 账 凭 证

2010年 12月 31日　　　　　　　　第 5 号

摘　要	会计科目	明细科目	借　方　金　额										贷　方　金　额										√
			千	百	十	万	千	百	十	元	角	分	千	百	十	万	千	百	十	元	角	分	
计算利息	财务费用				5	2	1	6	3	5	0	0											
	应付债券	利息调整				7	8	3	6	5	0	0											
	应付利息														6	0	0	0	0	0	0	0	
合　计			￥	6	0	0	0	0	0	0	0		￥	6	0	0	0	0	0	0	0		

会计主管：姚雪　　记账：张亮　　　审核：张小妮　　　　制单：王刚

附件 贰 张

（3）2010 年 12 月 31 日支付利息时：

借：应付利息　　　　　　　　　　　　　　　　　　　　　　　600 000

贷：银行存款　　　　　　　　　　　　　　　　　　　　　　　　　600 000

付 款 凭 证

贷方科目：银行存款　　　　　2010 年 12月31日　　　　　付字 6号

摘　要	借方科目		金　额									√
	一级科目	明细科目	千	百	十	万	千	百	十	元	角	分	
偿还利息	应付利息			6	0	0	0	0	0	0	0		
合　计			￥	6	0	0	0	0	0	0	0		

会计主管：姚雪　　记账：张亮　　出纳：张亮　　　审核：张小妮　　　　制单：王刚

附件 壹 张

（4）2011 年 12 月 31 日计算利息费用时：

借：财务费用　　　　　　　　　　　　　　　　　　　　　　　517 716.75

　　应付债券——利息调整　　　　　　　　　　　　　　　　　82 283.25

　　贷：应付利息　　　　　　　　　　　　　　　　　　　　　　　600 000

转 账 凭 证

2011年12月31日　　　　　　　　　　　　第 6 号

摘　要	会计科目	明细科目	借 方 金 额										贷 方 金 额										√
---	---	---	千	百	十	万	千	百	十	元	角	分	千	百	十	万	千	百	十	元	角	分	
计算利息	财务费用				5	1	7	7	1	6	7	5											
	应付债券	利息调整				8	2	2	8	3	2	5											
	应付利息														6	0	0	0	0	0	0	0	
合　计			¥	6	0	0	0	0	0	0	0	0	¥	6	0	0	0	0	0	0	0	0	

会计主管：姚雪　　记账：张亮　　审核：张小妮　　制单：王刚

附件 贰 张

（5）2011 年 12 月 31 日支付利息时：

借：应付利息　　　　　　　　　　　　　　　　　　　　　　　600 000

　　贷：银行存款　　　　　　　　　　　　　　　　　　　　　　　600 000

付 款 凭 证

贷方科目：银行存款　　　2011 年 12 月 31 日　　　付字 7 号

摘　要	借 方 科 目		金 额										√
	一级科目	明细科目	千	百	十	万	千	百	十	元	角	分	
偿还利息	应付利息				6	0	0	0	0	0	0	0	
合　计					¥	6	0	0	0	0	0	0	

会计主管：姚雪　　记账：张亮　　出纳：张亮　　审核：张小妮　　制单：王刚

附件 壹 张

（6）2012 年 12 月 31 日计算利息费用时：

借：财务费用　　　　　　　　　　　　　　　　　　　　　513 602.59

　　应付债券——利息调整　　　　　　　　　　　　　　　　86 397.41

　　贷：应付利息　　　　　　　　　　　　　　　　　　　　　600 000

转 账 凭 证

2012年12月31日　　　　　　第 7 号

摘　要	会计科目	明细科目	借　方　金　额										贷　方　金　额										√
			千	百	十	万	千	百	十	元	角	分	千	百	十	万	千	百	十	元	角	分	
计算利息	财务费用			5	1	3	6	0	2	5	9												
	应付债券	利息调整			8	6	3	9	7	4	1												
	应付利息													6	0	0	0	0	0	0	0		
合　计			¥	6	0	0	0	0	0	0	0		¥	6	0	0	0	0	0	0	0		

会计主管：姚雪　　记账：张亮　　　审核：张小妮　　　　制单：王刚

附件 贰 张

（7）2012 年 12 月 31 日支付利息时：

借：应付利息　　　　　　　　　　　　　　　　　　　　　600 000

　　贷：银行存款　　　　　　　　　　　　　　　　　　　　600 000

付 款 凭 证

贷方科目：银行存款　　　2012 年 12 月31日　　　付字 8 号

摘　要	借　方　科　目		金　额										√
	一级科目	明细科目	千	百	十	万	千	百	十	元	角	分	
偿还利息	应付利息			6	0	0	0	0	0	0	0		
合　计				¥	6	0	0	0	0	0	0	0	

会计主管：姚雪　　记账：张亮　　出纳：张亮　　　审核：张小妮　　　制单：王刚

附件 壹 张

（8）2013 年 12 月 31 日计算利息费用时：

借：财务费用　　　　　　　　　　　　　　　　　509 282.72

　　应付债券——利息调整　　　　　　　　　　　 90 717.28

　　贷：应付利息　　　　　　　　　　　　　　　　　　　600 000

转　账　凭　证

2013年12月31日　　　　　　　　　　第 8 号

摘　要	会计科目	明细科目	借　方　金　额									贷　方　金　额									√
			千	百	十	万	千	百	十	元	角	分	千	百	十	万	千	百	十	元	角	分	
计算利息	财务费用				5	0	9	2	8	2	7	2											
	应付债券	利息调整				9	0	7	1	7	2	8										
	应付利息														6	0	0	0	0	0	0	0	
合　　计			¥	6	0	0	0	0	0	0	0	0	¥	6	0	0	0	0	0	0	0	0	

附件　贰　张

会计主管：姚雪　　　记账：张亮　　　审核：张小妮　　　制单：王刚

（9）2013 年 12 月 31 日支付利息时：

借：应付利息　　　　　　　　　　　　　　　　　　600 000

　　贷：银行存款　　　　　　　　　　　　　　　　　　　600 000

付　款　凭　证

贷方科目：银行存款　　　　2013 年12月31日　　　　　　付字 9 号

摘　要	借　方　科　目		金　额									√
	一级科目	明细科目	千	百	十	万	千	百	十	元	角	分	
偿还利息	应付利息				6	0	0	0	0	0	0	0	
合　　计				¥	6	0	0	0	0	0	0	0	

附件　壹　张

会计主管：姚雪　　　记账：张亮　　　出纳：张亮　　　审核：张小妮　　　制单：王刚

（10）2014 年 12 月 31 日归还债券本金及最后一期利息费用时：

借：财务费用　　　　　　　　　　　　　　　　　　　　　505 062.94

　　应付债券——面值　　　　　　　　　　　　　　　　　10 000 000

　　　　　　——利息调整　　　　　　　　　　　　　　　94 937.06

　　贷：银行存款　　　　　　　　　　　　　　　　　　　10 600 000

付　款　凭　证

贷方科目：银行存款　　　　　　2014 年 12 月 31 日　　　　　付字 10 号

摘　要	借 方 科 目		金　额										✓
	一级科目	明细科目	千	百	十	万	千	百	十	元	角	分	
还本付息	财务费用					5	0	5	0	6	2	9	4	
	应付债券	本金	1	0	0	0	0	0	0	0	0	0	
		利息调整				9	4	9	3	7	0	6	
合　计			1	0	6	0	0	0	0	0	0	0	

会计主管：姚雪　　记账：张亮　　出纳：张亮　　　　审核：张小妮　　　　制单：王刚

明 细 分 类 账

会计科目：应付债券——面值

2010年		凭证		摘 要	√	借 方											贷 方											借或贷	余 额										
月	日	种类	号数			千	百	十	万	千	百	十	元	角	分	千	百	十	万	千	百	十	元	角	分		千	百	十	万	千	百	十	元	角	分
1	1	收款	1	发行债券	√											1	0	0	0	0	0	0	0	0	0	贷	1	0	0	0	0	0	0	0	0	0

明 细 分 类 账

会计科目：应付债券——利息调整

2010年		凭证		摘 要	√	借 方											贷 方											借或贷	余 额										
月	日	种类	号数			千	百	十	万	千	百	十	元	角	分	千	百	十	万	千	百	十	元	角	分		千	百	十	万	千	百	十	元	角	分
1	1			发行债券														4	3	2	7	0	0	0	0	贷			4	3	2	7	0	0	0	0
12	31			调整					7	8	3	6	5	0	0														3	5	4	3	3	5	0	0

明 细 分 类 账

会计科目：应付债券——利息调整

2011年		凭证		摘要	√	借方										贷方										借或贷	余额									
月	日	种类	号数			千	百	十	万	千	百	十	元	角	分	千	百	十	万	千	百	十	元	角	分		千	百	十	万	千	百	十	元	角	分
1	1			期初余额																						贷			3	5	4	3	3	5	0	0
12	31			调整					8	2	2	8	3	2	5											贷			2	7	2	0	5	1	7	5

明 细 分 类 账

会计科目：应付债券——利息调整

2012年		凭证		摘 要	√	借 方										贷 方										借或贷	余 额									
月	日	种类	号数			千	百	十	万	千	百	十	元	角	分	千	百	十	万	千	百	十	元	角	分		千	百	十	万	千	百	十	元	角	分
1	1			期初余额																						贷			2	7	2	0	5	1	7	5
12	31			调整				8	6	3	9	7	4	1															1	8	5	6	5	4	3	4

56

明 细 分 类 账

会计科目：应付债券——利息调整

2013 年		凭证		摘 要	√	借 方										贷 方										借或贷	余 额									
月	日	种类	号数			千	百	十	万	千	百	十	元	角	分	千	百	十	万	千	百	十	元	角	分		千	百	十	万	千	百	十	元	角	分
1	1			期初余额																						贷		1	8	5	6	5	4	3	4
12	31			调整				9	0	7	1	7	2	8															9	4	9	3	7	0	6

明 细 分 类 账

会计科目：应付债券——利息调整

2014年		凭证		摘 要	√	借 方									贷 方									借或贷	余 额								
月	日	种类	号数			千	百	十	万	千	百	十	元	角	分	千	百	十	万	千	百	十	元	角	分		千	百	十	万	千	百	十	元	角	分
1	1			期初余额																						贷			9	4	9	3	7	0	6
12	31			调整				9	4	9	3	7	0	6																			0	0	0

明 细 分 类 账

会计科目：应付债券——面值

2014年		凭证		摘要	√	借方										贷方										借或贷	余额									
月	日	种类	号数			千	百	十	万	千	百	十	元	角	分	千	百	十	万	千	百	十	元	角	分		千	百	十	万	千	百	十	元	角	分
1	1			期初余额	√											1	0	0	0	0	0	0	0	0	0	贷	1	0	0	0	0	0	0	0	0	0
12	31	付款		还款		1	0	0	0	0	0	0	0	0	0																			0	0	0

实训三　融资租赁实训

【提示1】企业租赁固定资产，满足下列标准之一的，应认定为融资租赁。

1. 在租赁期届满时，资产的所有权转移给承租人。

2. 承租人有购买租赁资产的选择权，所订立的购价预计远低于行使选择权时租赁资产的公允价值，因而在租赁开始日就可合理地确定承租人将会行使这种选择权。

3. 租赁期占租赁资产使用寿命的大部分。这里的"大部分"掌握在租赁期占租赁开始日租赁资产使用寿命的75%以上（含75%，下同）。

4. 就承租人而言，租赁开始日最低租赁付款额的现值几乎相当于租赁开始日租赁资产公允价值；就出租人而言，租赁开始日最低租赁收款额的现值几乎相当于租赁开始日租赁资产公允价值。这里的"几乎相当于"掌握在90%（含90%）以上。

5. 租赁资产性质特殊，如果不作较大修整，只有承租人才能使用。这条标准是指租赁资产是出租人根据承租人对资产型号、规格等方面的特殊要求专门购买或建造的，具有专购、专用性质。这些租赁资产如果不作较大的重新改制，其他企业通常难以使用。这种情况下，该项租赁也应当认定为融资租赁。

1. 该公司2010年1月份发生了以下与融资租赁相关的业务。

2010年1月1日，该公司与石家庄大兴公司签订了一份租赁合同。合同主要条款如下。

（1）租赁标的物：钢材生产线。

（2）租赁期开始日：租赁物运抵本公司生产车间之日（即2010年1月1日）。

（3）租赁期：从租赁期开始日算起36个月（即2010年1月1日至2012年12月31日）。

（4）租金支付方式：自租赁期开始日起每年年末支付租金1 000 000元。

（5）该生产线在 2010 年 1 月 1 日大兴公司的公允价值为 2 600 000 元。

（6）租赁合同规定的利率为 8%（年利率）。

（7）该生产线为全新设备，估计使用年限为 5 年。

（8）2011 年和 2012 年两年，本公司每年按该生产线所生产的产品——Ⅲ型金属构件的年销售收入的 1% 向大兴公司支付经营分享收入。

2. 该公司其他会计资料如下。

（1）采用实际利率法确认本期应分摊的未确认融资费用。

（2）采用年限平均法计提固定资产折旧。

（3）2011 年、2012 年本公司分别实现Ⅲ型金属构件销售收入 10 000 000 元和 15 000 000 元。

（4）2012 年 12 月 31 日，将该生产线退还大兴公司。

（5）本公司在租赁谈判和签订租赁合同过程中发生可归属于租赁项目的手续费、差旅费 10 000 元。原始凭证如下。

文案名称	融资租赁合同书		受控状态	
			编　　号	
执行部门		监督部门	考证部门	

合同号码：

合同签订日期：

合同签订地：

出租人：　石家庄市大兴有限责任公司　　　　　　　　　　　　　（以下简称甲方）

法定地址：　石家庄市高新区燕山大街 58 号　　邮政编码：□□□□□□

法定代表人：　张林　　　电话：　0311-81237528

传真：××××××××　　　电传：××××××××

开户银行：中国工商银行石家庄市分行开发区支行（基本存款账户）

账号：0402021234567897890

承租人：石家庄东方股份有限公司　　　（以下简称乙方）

法定地址：石家庄市高新区燕山大街 12 号　　邮政编码：□□□□□□

法定代表人：张军平　　　电话：0311-81234567

传真：0311-87654321　　　电传：_____

开户银行：中国工商银行石家庄市分行开发区支行（基本存款账户）

账号：0402021234567890121

第一条　租赁物件

甲方根据乙方租赁委托书的要求，买进**钢材生产线**（以下简称租赁物件）出租给乙方使用。租赁物件的名称、规格、型号、数量和使用地点详见本合同附件，该附件为本合同不可分割的组成部分。

第二条　租赁期间

（1）甲方出租，乙方承租租赁物件的租期共计**36**月，即自**2010**年**1**月**1**日起，至**2012**年**12**月**31**日止。起止日期，双方均以开户银行汇出日期为准。

（2）在本条第（1）款所列的租期内，乙方不得中止和终止对租赁物件的租赁，并不能以任何理由提出变更本租赁合同的要求。

第三条　租金和手续费的支付

（1）在第二条第（1）款所列租期内全部租金总额包括设备价款、保险、银行费用、利息为**300 000**元（大写），由乙方按租金偿付表（合同附件）向甲方分**3**次支付。

（2）乙方每半年向甲方交付一次租金，具体付租金日期、金额依照下表执行。

	日期	租金金额
1	2010 年 12 月 31 日	100 000 元
2	2011 年 12 月 31 日	100 000 元
3	2012 年 12 月 31 日	100 000 元

（3）乙方应按上表规定的日期和金额以电汇方式及时将租金汇入甲方账户。如乙方未按规定时间支付租金，甲方有权按逾期交付天数和应交租金的万分之三加收逾期罚金。

（4）乙方向甲方支付本合同项下的租赁手续费为人民币**10 000**元，乙方应将该项手续费在本合同双方签字之后 10 日内全额付给甲方（手续费滞交影响合同执行所造成的一切损失由乙方负责）。

第四条　租赁物件的购货

（1）乙方根据自己的需要，通过调查卖方的信用力，自主选定租赁物件及卖方。乙方对租赁物件的名称、规格、型号、性能、质量、数量、技术标准及服务内容、品质、技术保证及价格条款、交货时间等拥有全部的决定权，并直接与卖方商定，乙方对自行的决定及选定负全部责任。甲方根据乙方的选定与要求与卖方签订购买合同。乙方同意并确认购买合同的全部条款，并在购买合同上签字。

（2）乙方须向甲方提供甲方认为必要的各种批准或许可证明。

（3）甲方负责筹措购买租赁物件所需的资金，并根据购买合同，办理各项有关的进口手续。

（4）有关购买租赁物件应交纳的海关关税、增值税及国家新征税项和其他税款，以及国内运费及其他必须支付的国内费用，均由乙方负担，并按有关部门的规定与要求，由乙方按时直接支付。甲方对此不承担任何责任。

第五条 租赁物件的验收

（1）租赁物件在运达使用地点后，乙方应在 30 天内负责验收，同时将签收盖章后的租赁物件的验收收据一式两份书面验收结果交给甲方。

（2）如果乙方未按前项规定的时间办理验收，甲方则视为租赁物件已在完整状态下由乙方验收完毕，并视同乙方已经将租赁物件的验收收据交付给甲方。

（3）如果乙方在验收时发现租赁物件由于卖方责任造成租赁物件的型号、规格、数量和技术性能等有不符、不良或瑕疵等情况时，由乙方直接向卖方交涉处理并立即将上述情况用书面通知甲方，如卖方延期交货，由乙方直接催交。

（4）因不可抗力或政府法令等不属于甲方原因而引起的延迟运输、卸货、报关，从而延误了乙方接受租赁物件的时间，或导致乙方不能接受租赁物件，甲方不承担责任。

第六条 租赁物件瑕疵的处理

（1）由于乙方享有第四条第（1）款所规定的权利，因此，如卖方延迟租赁物件的交货，或提供的租赁物件与购买合同所规定的内容不符，或在安装调试、操作过程中及质量保证期间有质量瑕疵等情况，按照购买合同的规定，由购买合同的卖方负责，甲方不承担赔偿责任，乙方不得向甲方追索。

（2）租赁物迟延交货和质量瑕疵的索赔权归出租方所有，出租方可以将索赔权部分或全部转让给承租方，索赔权的转让应当在购买合同中明确。

（3）索赔费用和结果均由承租方承租。

第七条 租赁物件的保管、使用和费用

（1）因租赁物件本身及其设置、保管、使用等致使第三者遭受损害时乙方应负赔偿责任。

（2）乙方平时应对租赁物件给予良好的维修保养，使其保持正常状态和发挥正常效能。租赁物件的维修、保养，由乙方负责处理，并承担其全部费用。如需更换零件，在未得到甲方书面同意时，应只用租赁物件的原制造厂所供应的零件更换。

（3）乙方在租赁期间内，可完全使用租赁物件。

（4）乙方除非征得甲方的书面同意，不得将租赁物件转让给第三者或允许他人使用。

（5）不按本条第（1）款的规定，因租赁物件本身及其设置、保管、使用及租金的交付等所发生的一切费用、税款（包括国家新开征的一切税种应交纳的税款），由乙方负担（甲方全部利润应纳所得税除外）。

第八条　租赁物件的灭失及毁损

（1）在合同履行期间，租赁物件灭失及毁损风险，由乙方承担（但正常损耗不在此限）。如租赁物件灭失或毁损，乙方应立即通知甲方，甲方可选择下列方式之一，由乙方负责处理并负担一切费用：

①将租赁物件复原或修理至完全正常使用之状态；

②更换与租赁物件同等状态、性能的物件。

（2）租赁物件灭失或毁损至无法修复的程度时，乙方按"实际租金表"所记载的已定损失金额赔偿给甲方。

（3）根据前款，乙方将所定损失金额及任何其他应付的款项交付给甲方时，甲方将租赁物件（以其现状）及对第三者的权利（如有时）转交给乙方。

第九条　租赁物件的保险

（1）甲方负责在租赁期开始前对租赁物件投保本合同第二条第（1）款所列的租期内的财产险和运输险，保险费计入租赁物件总价款。

（2）如租赁物件发生保险范围内的灭失或损害，保险公司赔付的款项直接划归甲方，抵作乙方尚未交付的租金。赔付的款项多于乙方应交付租金的部分，甲方应转付给乙方；赔付的款项少于乙方应付租金，不足部分应由乙方及时如数补交给甲方，如租赁物件发生部分损害或灭失，保险公司赔付的款项可由乙方使用，但仅限于更换或已灭失的部件，使租赁物件恢复可正常使用的原状；在发生部分损害或灭失至恢复租赁物件原状期间，乙方仍应按合同规定向甲方交付租金。

第十条　租赁保证金

（1）乙方将租赁保证金作为其履行本合同的保证，在本合同订立的同时交付甲方。

（2）前款的租赁保证金不计利息，并按"实际租金表"所载明的金额及日期抵作租金的全部或一部分。

（3）乙方如违反本合同任何条款或当有第十一条第（1）至（5）款的情况时，甲方从租赁保证金中扣抵乙方应支付给甲方的款项。

第十一条　违反合同处理

（1）如乙方不支付租金或不履行合同所规定其他义务时，甲方有权采取下列措施：

①要求即时付清部分或全部租金及一切应付款项；

②径行收回租赁物件，并由乙方赔偿甲方的全部损失。

（2）虽然甲方采取前款①、②项的措施，但并不因之免除本合同规定的乙方其他义务。

（3）在租赁物件交付之前，由于乙方违反本合同而给甲方造成的一切损失，乙方也应负责赔偿。

（4）当乙方未按照本合同规定支付应付的到期租金和其他款项给甲方，或未按时偿还甲方垫付的任何费用时，甲方除有权采取前3款措施外，乙方应支付迟延支付期间的迟延利息，迟延利息将从乙方每次交付的租金中，首先抵扣，直至乙方向甲方付清全部逾期租金及迟延利息为止。

（5）乙方如发生关闭、停业、合并、分立等情况时，应立即通知甲方并提供有关证明文件，如上述情况致使本合同不能履行时，甲方有权采取本条第（1）款的措施，并要求乙方及担保人对甲方由此而产生的损失承担赔偿责任。

租赁期间，租赁物不属于承租方破产清算的范围。

第十二条　甲方权利的转让

甲方在本合同履行期间在不影响乙方使用租赁物件的前提下，随时可将本合同规定的全部或部分权利转让给第三者，但必须及时通知乙方。

第十三条　合同的修改

本合同的修改，必须经甲乙双方及担保人签署书面协议方能生效。

甲方：（公章）　　　　　　　　　乙方：（公章）

负责人：（签章）　　　　　　　　负责人：（签章）张军平

经办人：（签章）　　　　　　　　经办人：（签章）

2010 年 财务专用章　　　　　　　2010 年 财务专用章

二、实训要求

根据实训资料，对融资租赁相关业务进行会计处理。

三、实训准备材料

转账凭证	4 张
付款凭证	1 张
明细分类账	2 张

四、实训目标与检测标准

融资租赁会计处理的实训目标与检测标准如表 2-2-10 所示。

表 2-2-10　融资租赁会计处理的实训目标与检测标准

	目标	评分	检测标准	占总成绩比例
知识目标	掌握融资租赁的概念	100 分	概念错误，扣 100 分	5%
	掌握"固定资产——融资租赁固定资产"科目的性质与核算内容	100 分	性质或核算内容错误，扣 50 分	5%
	掌握融资租赁确认与计量时价值的确定	100 分	价值确定错误，扣 100 分	5%
	掌握融资租赁相关业务的会计分录	100 分	每错一个分录，扣 20 分	25%
小　计				40%
技能目标	掌握融资租赁业务的流程	100 分	每漏 1 项，扣 25 分	10%
	掌握融资租赁相关业务原始凭证的审核	100 分	真实性、合规性、合法性、完整性，每漏一项扣 25 分	10%
	掌握融资租赁相关业务记账凭证的填制	100 分	内容不完整或填写不规范、不正确的，每处扣 10 分	20%
	掌握融资租赁明细账的登记	100 分	内容不完整或填写不规范、不正确的，每处扣 10 分	20%
小　计				60%
合　计				100%

五、实训步骤与指导

（一）实训步骤

融资租赁业务会计处理的实训步骤如表 2-2-11 所示。

表 2-2-11　融资租赁业务会计处理的实训步骤

步骤	具体要求
1	对融资租赁合同、电汇凭证、固定资产验收交接单、转账支票存根等原始凭证进行审核
2	根据审核后的原始凭证填制记账凭证
3	将记账凭证提交财务负责人稽核
4	根据稽核后的记账凭证登记明细账

（二）实训指导

1. 审核原始凭证的实训指导如表 2-2-3 所示。

2. 融资租赁业务会计核算的实训指导如表 2-2-12 所示。

表 2-2-12　融资租赁业务会计核算的实训指导

业务内容	会计核算
计算租赁开始日最低租赁付款额的现值，确定租赁资产的入账价值	借：固定资产——融资租入固定资产 　　未确认融资费用 　贷：长期应付款——应付融资租赁款 　　银行存款
支付租金	借：长期应付款——应付融资租赁款 　贷：银行存款
分摊未确认融资费用	借：财务费用 　贷：未确认融资费用
计提融资租入固定资产折旧	借：制造费用——折旧费 　贷：累计折旧
租赁期届满将固定资产归还	借：累计折旧 　贷：固定资产——融资租入固定资产

3. 填制与审核记账凭证的实训指导如表 2-2-5 所示。

4. 登记"固定资产——融资租赁固定资产"明细账的实训指导。

"固定资产——融资租赁固定资产"账户按预付账款的单位设置明细账，采用三栏式明细账进行核算。登记的基本要求如表 2-2-6 所示。

【提示 2】按照我国有关法律规定，投资者设立企业首先必须投入资本。实收资本是投资者投入资本形成法定资本的价值，所有者向企业投入的资本，在一般情况下无需偿还，可以长期周转使用。实收资本的构成比例即投资者的出资比例或股东的股份比例，通常是确定所有者在企业所有者权益中所占的份额和参与企业财务经营决策的基础，也是企业进行利润分配或股利分配的依据，同时还是企业清算时确定所有者对净资产的要求权的依据。

六、实训结果

该实训的账务处理如下。

1. 租赁开始日的账务处理

第一步，判断租赁类型。

本实训中租赁期（3年）占租赁资产尚可使用年限（5年）的60%（小于75%），没有满足融资租赁的第3条标准；另外最低租赁付款额的现值为2 577 100元（计算过程见下文），大于租赁资产原账面价值的90%即2 340 000（2 600 000×90%）元，满足融资租赁的第4条标准，因此，该公司应当将该项租赁认定为融资租赁。

第二步，计算租赁开始日最低租赁付款额的现值，确定租赁资产的入账价值。

该公司不知道出租人的租赁内含利率，因此应选择租赁合同规定的利率8%作为最低租赁付款额的折现率。

最低租赁付款额 = 各期租金之和 + 承租人担保的资产余值

$$= 1\,000\,000 \times 3 + 0 = 3\,000\,000 \text{（元）}$$

计算现值的过程如下。

每期租金1 000 000元的年金现值 = 1 000 000×（P/A，3，8%），查表得知：

（P/A，3，8%）= 2.5771

每期租金的现值之和 = 1 000 000×2.5771 = 2 577 100（元），

该和小于租赁资产公允价值2 600 000元。

根据孰低原则，租赁资产的入账价值应为其折现值2 577 100元。

第三步，计算未确认融资费用。

未确认融资费用 = 最低租赁付款额 − 最低租赁付款额现值

$$= 3\,000\,000 - 2\,577\,100 = 422\,900 \text{（元）}$$

第四步，将初始直接费用计入资产价值。

初始直接费用是指在租赁谈判和签订租赁协议的过程中发生的可直接归属于租赁项目的费用。承租人发生的初始直接费用，通常有印花税、佣金、律师费、差旅费、谈判费等。承租人发生的初始直接费用，应当计入租入资产价值。

账务处理如下。

2010 年 1 月 1 日，租入生产线：

借：固定资产——融资租入固定资产 　　　　　　　　　　　　　2 577 100

　　未确认融资费用 　　　　　　　　　　　　　　　　　　　　422 900

　　贷：长期应付款——应付融资租赁款 　　　　　　　　　　　3 000 000

　　　　银行存款 　　　　　　　　　　　　　　　　　　　　　10 000

转　账　凭　证

2010年1月1日　　　　　　　　　第　9　号

摘　要	会计科目	明细科目	借方金额										贷方金额										√	附件
			千	百	十	万	千	百	十	元	角	分	千	百	十	万	千	百	十	元	角	分		
租入生产线	固定资产	融资租入固定资产		2	5	8	7	1	0	0	0	0												叁
	未确认融资费用					4	2	2	9	0	0	0	0											
	长期应付款	应付融资租赁款												3	0	0	0	0	0	0	0	0	0	张
	银行存款																1	0	0	0	0	0	0	
合　计			¥	3	0	1	0	0	0	0	0	0	¥	3	0	1	0	0	0	0	0	0		

会计主管：姚雪　　　记账：张亮　　　审核：张小妮　　　制单：王刚

2. 分摊未确认融资费用的会计处理

第一步，确定融资费用分摊率。

由于租赁资产的入账价值为其最低租赁付款额的折现值，因此该折现率就是其融资费用分摊率（即 8%）。

第二步，在租赁期内采用实际利率法分摊未确认融资费用。

未确认融资费用分摊表（实际利率法）

2010 年 12 月 31 日

单位：元

日　期	租金	确认的融资费用	应付本金减少额	应付本金余额
①	②	③ = 期初⑤×8%	④ = ②－③	期末⑤ = 期初⑤－④
（1）2010.01.01				2 577 100.00
（2）2010.12.31	1 000 000	206 168.00	793 832.00	1 783 268.00
（3）2011.12.31	1 000 000	142 661.44	857 338.56	925 929.44
（4）2012.12.31	1 000 000	74 070.56 *	925 929.44 *	0.00
合　计	3 000 000	422 900.00	2 577 100.00	

* 做尾数调整：74 070.56 = 1 000 000 − 925 929.44

925 929.44 = 925 929.44 − 0

第三步，进行账务处理。

2010 年 12 月 31 日，支付第一期租金：

借：长期应付款——应付融资租赁款　　　　　　　　　　　　　　　　1 000 000

　　贷：银行存款　　　　　　　　　　　　　　　　　　　　　　　　　1 000 000

2010 年 1—12 月，每月分摊未确认融资费用时，每月财务费用为

17 180.67（206 168 ÷ 12）元。

借：财务费用　　　　　　　　　　　　　　　　　　　　　　　　　　17 180.67

　　贷：未确认融资费用　　　　　　　　　　　　　　　　　　　　　　17 180.67

2011 年 12 月 31 日，支付第二期租金（付款凭证同上年，略）：

借：长期应付款——应付融资租赁款　　　　　　　　　　　　　　　　1 000 000

　　贷：银行存款　　　　　　　　　　　　　　　　　　　　　　　　　1 000 000

2011 年 1—12 月，每月分摊未确认融资费用时，每月财务费用为

11 888.45（142 661.44 ÷ 12）元。

借：财务费用　　　　　　　　　　　　　　　　　　　　　　　　　　11 888.45

　　贷：未确认融资费用　　　　　　　　　　　　　　　　　　　　　　11 888.45

2012 年 12 月 31 日，支付第三期租金：

借：长期应付款——应付融资租赁款　　　　　　　　　　　　　　　　1 000 000

　　贷：银行存款　　　　　　　　　　　　　　　　　　　　　　　　　1 000 000

2012 年 1—12 月，每月分摊未确认融资费用时，每月财务费用为

6 172.55（74 070.56 ÷ 12）元。

借：财务费用　　　　　　　　　　　　　　　　　　　　　　　　　　6 172.55

　　贷：未确认融资费用　　　　　　　　　　　　　　　　　　　　　　6 172.55

付 款 凭 证

贷方科目：银行存款　　2010年 12月 31日　　付字 10 号

摘　要	借方科目		金　额	√
	一级科目	明细科目	千百十万千百十元角分	
支付租金	长期应付款	应付融资租赁款	1 0 0 0 0 0 0 0 0	
合　计			￥ 1 0 0 0 0 0 0 0 0	

会计主管：姚雪　　记账：张亮　　出纳：张亮　　　　审核：张小妮　　　　制单：王刚

附件 壹 张

3. 计提租赁资产折旧的会计处理

第一步，计算融资租入固定资产的折旧（见下表）。

第二步，进行账务处理。

2010 年 2 月 28 日，计提本月折旧 73 896.98（812 866.82÷11）元。

借：制造费用——折旧费　　　　　　　　　　　　　　　　　　73 896.98

　　贷：累计折旧　　　　　　　　　　　　　　　　　　　　　　　73 896.98

2010 年 3 月至 2012 年 12 月的会计分录，同上。

转 账 凭 证

2010年2月28日　　　　　　　第 8 号

摘　要	会计科目	明细科目	借方金额	贷方金额	√
			千百十万千百十元角分	千百十万千百十元角分	
计提折旧	制造费用		7 3 8 9 6 9 8		
	累计折旧			7 3 8 9 6 9 8	
合　计			￥ 7 3 8 9 6 9 8	￥ 7 3 8 9 6 9 8	

会计主管：姚雪　　记账：张亮　　审核：张小妮　　　　制单：王刚

附件 叁 张

融资租入固定资产折旧计算表（年限平均法）

2010 年 1 月 1 日

金额单位：元

日期	固定资产原价	折旧率% *	当年折旧费	累计折旧	固定资产净值
2010.01.01	2 587 100				2 587 100.00
2010.12.31		31.42	812 866.82	812 866.82	1 774 233.18
2011.12.31		34.29	887 116.59	1 699 983.41	887 116.59
2012.12.31		34.29	887 116.59	2 587 100.00	0.00
合 计	2 587 100	100.00	2587 100.00		

4. 或有租金的会计处理

2011 年 12 月 31 日，根据合同规定应向大兴公司支付经营分享收入 100 000 元：

借：销售费用　　　　　　　　　　　　　　　　　　　100 000

　　贷：其他应付款——B 公司　　　　　　　　　　　　　100 000

2012 年 12 月 31 日，根据合同规定应向大兴公司支付经营分享收入 150 000 元：

借：销售费用　　　　　　　　　　　　　　　　　　　150 000

　　贷：其他应付款——B 公司　　　　　　　　　　　　　150 000

5. 租赁期届满时的会计处理

2012 年 12 月 31 日，将该生产线退还大兴公司：

借：累计折旧　　　　　　　　　　　　　　　　　　　2 587 100

　　贷：固定资产——融资租入固定资产　　　　　　　　2 587 100

转 账 凭 证

2010年1月31日　　　　　　　　　　第 11 号

摘　要	会计科目	明细科目	借方金额 千百十万千百十元角分	贷方金额 千百十万千百十元角分	√
或有租金	销售费用		1 0 0 0 0 0 0 0		
	其他应付款			1 0 0 0 0 0 0 0	
合　计			￥1 0 0 0 0 0 0 0	￥1 0 0 0 0 0 0 0	

会计主管：姚雪　　记账：张亮　　　　审核：张小妮　　　　　　制单：王刚

附件叁张

转 账 凭 证

2010年1月31日　　　　　　　　　　第 12 号

摘　要	会计科目	明细科目	借方金额 千百十万千百十元角分	贷方金额 千百十万千百十元角分	√
租赁期满	累计折旧		2 5 8 7 1 0 0 0 0		
	固定资产	融资租入固定资产		2 5 8 7 1 0 0 0 0	
合　计			￥2 5 8 7 1 0 0 0 0	￥2 5 8 7 1 0 0 0 0	

会计主管：姚雪　　记账：张亮　　　　审核：张小妮　　　　　　制单：王刚

附件叁张

明　细　分　类　账

会计科目：固定资产——融资租入固定资产

2010年		凭证		摘要	√	借　方										贷　方										借或贷	余　额									
月	日	种类	号数			千	百	十	万	千	百	十	元	角	分	千	百	十	万	千	百	十	元	角	分		千	百	十	万	千	百	十	元	角	分
1	1			融资租入			2	5	8	7	1	0	0	0	0											借		2	5	8	7	1	0	0	0	0

明 细 分 类 账

会计科目：固定资产——融资租入固定资产

2012年		凭证		摘　要	√	借　方									贷　方									借或贷	余　额								
月	日	种类	号数			千	百	十	万	千	百	十	元	角	分	千	百	十	万	千	百	十	元	角	分		千	百	十	万	千	百	十	元	角	分
1	1			期初余额																						借		2	5	8	7	1	0	0	0	0
12	31			期满归还													2	5	8	7	1	0	0	0	0								0	0	0

实训四 吸收直接投资实训

一、实训资料

1. 2010 年 1 月份，甲、乙、丙三方出资设立石家庄东方股份有限公司，该公司发生的与"股本"有关的业务资料如下。

（1）甲出资 10 000 000 元，占该公司股份的 50%。原始凭证如下。

投资协议书（部分）

投资方：甲股份有限公司

被投资方：石家庄东方股份有限公司

经协商双方同意甲股份有限公司以人民币 10 000 000 元投资，占石家庄东方股份有限公司股权份额的 50%。

投资方签章：　　　被投资方签章：

| 赵海 | | 张军平 |

2010 年 1 月 1 日

中国工商银行

转账支票存根

No156534

科目：＿＿＿＿＿＿＿＿＿＿＿

对方科目：＿＿＿＿＿＿＿＿＿

签发日期：2010 年 1 月 1 日

收款人：石家庄东方股份有限公司

金额：￥1 000 000.00

用途：投资款

备注：

单位主管：　　　　会计：

复核：　　　　　　记账：

（2）乙以其持有的钢材生产线出资，按照协议约定，该生产线的市场价值为 4 000 000 元，占该公司股份的 20%。原始凭证如下。

【提示 1】企业应当设置"实收资本"科目，核算企业接受投资者投入的实收资本，股份有限公司应将该科目改为"股本"。投资者可以用现金投资，也可以用现金以外的其他有形资产投资，符合国家规定比例的，还可以用无形资产投资。企业收到投资时，一般应作如下会计处理：收到投资人投入的现金，应在实际收到或者存入企业开户银行时，按实际收到的金额，借记"银行存款"科目；以实物资产投资的，应在办理实物产权转移手续时，借记有关资产科目；以无形资产投资的，应按照合同、协议或公司章程规定移交有关凭证时，借记"无形资产"科目；按投入资本在注册资本或股本中所占份额，贷记"实收资本"或"股本"科目；按其差额，贷记"资本公积——资本溢价"或"资本公积——股本溢价"等科目。

投资协议书（部分）

投资方：乙有限责任公司

被投资方：石家庄东方股份有限公司

　　投资方与被投资方经过充分协商，在平等自愿的基础上，投资方乙有限责任公司以固定资产
4 000 000元投资石家庄东方股份有限公司，占被投资方注册资本的20%。

投资方签章：　　　　被投资方签章：

法人代表：　　　郭　佳　　　　法人代表：　　　张军平

签约日期：2010 年 1 月 1 日　　　　签约日期：2010 年 1 月 1 日

固定资产验收单

2010 年 1 月 1 日

名称	单位	数量	单价	已摊销价值	账面净值（元）	评估确认价值（元）	备注
钢材生产线	项	1	4 000 000.00		4 000 000.00	4 000 000.00	乙公司投资

（3）丙以其持有的无形资产出资，按照协议规定，该无形资产的市场价值为 6 000 000 元，占该公司股份的 30% 。原始凭证如下。

投资协议书（部分）

投资方：丙有限责任公司

被投资方：石家庄东方股份有限公司

......

经协商，双方同意丙有限责任公司以公允价值为 6 000 000 元的一项非专利技术，对石家庄东方股份有限公司进行投资。

投资方签章： 　　　　被投资方签章：

法人代表：　　田 欣　　　　　　法人代表：　　张军平

签约日期：2010 年 1 月 1 日　　　　签约日期：2010 年 1 月 1 日

手把手教你当资金主管（实战版）

无形资产验收单

2010 年 1 月 1 日

名称	单位	数量	单价	已摊销价值	账面净值（元）	评估确认价值（元）	备注
非专利技术	项	1	6 000 000.00		6 000 000.00	6 000 000.00	丙公司投资

2. 2010 年 12 月，丁投资者打算对给公司进行投资，协议约定，丁出资 6 000 000 元，其中 4 000 000 计入该公司注册资本。原始凭证如下。

【提示 2】 资本公积是企业收到投资者的超出其在企业注册资本（或股本）中所占份额的投资，以及直接计入所有者权益的利得和损失等。资本公积包括资本溢价（或股本溢价）和直接计入所有者权益的利得与损失等。

资本溢价（或股本溢价）是企业收到投资者的超出其在企业注册资本（或股本）中所占份额的投资。形成资本溢价（或股本溢价）的原因有溢价发行股票、投资者超额缴入资本等。

投资协议书（部分）

投出单位：石家庄东方股份有限公司

投入单位：丁股份有限公司

......

经协商双方同意石家庄东方股份有限公司以人民币 6 000 000 元投资，其中注册资本 4 000 000 元。

投入单位签章： 投出单位签章：

2010 年 12 月 1 日 | 赵海 | | 张军平 |

中国工商银行

转账支票存根

No156534

科目：＿＿＿＿＿＿＿＿＿＿

对方科目：＿＿＿＿＿＿＿＿

签发日期：2010 年 12 月 1 日

收款人：丁股份有限公司

金额：￥600 000.00

用途：投资款

备注：

单位主管：   会计：

复核：   记账：

二、实训要求

根据实训资料，对股本相关业务进行会计处理。

三、实训准备材料

转账凭证	2 张
收款凭证	2 张
明细分类账	1 张

四、实训目标与检测标准

股本会计处理的实训目标与检测标准如表 2-2-13 所示。

表 2-2-13　股本会计处理的实训目标与检测标准

<table>
<tr><th colspan="2">目标</th><th>评分</th><th>检测标准</th><th>占总成绩比例</th></tr>
<tr><td rowspan="4">知识目标</td><td>掌握股本的定义及包括的内容</td><td>100 分</td><td>定义错误或漏一项内容，扣 12.5 分</td><td>10%</td></tr>
<tr><td>掌握"股本"账户的性质及核算内容</td><td>100 分</td><td>性质或核算内容错误，扣 50 分</td><td>10%</td></tr>
<tr><td>掌握发生股本时的会计分录</td><td>100 分</td><td>会计分录错误，扣 100 分</td><td>10%</td></tr>
<tr><td colspan="3">小计</td><td>30%</td></tr>
<tr><td rowspan="4">技能目标</td><td>掌握股本业务的流程</td><td>100 分</td><td>每错或漏一项，扣 50 分</td><td>20%</td></tr>
<tr><td>掌握股本相关业务原始凭证的审核</td><td>100 分</td><td>真实性、合规性、合法性、完整性，每漏一项扣 25 分</td><td>20%</td></tr>
<tr><td>掌握股本相关业务记账凭证的填制</td><td>100 分</td><td>内容不完整或填写不规范、不正确的，每处扣 10 分</td><td>25%</td></tr>
<tr><td>掌握股本明细账的登记</td><td>100 分</td><td>内容不完整或填写不规范、不正确的，每处扣 10 分</td><td>25%</td></tr>
<tr><td colspan="3">小计</td><td>70%</td></tr>
<tr><td colspan="3">合计</td><td>100%</td></tr>
</table>

五、实训步骤与指导

(一) 实训步骤

股本业务会计处理的实训步骤如表2-2-14所示。

表2-2-14　股本业务会计处理的实训步骤

步骤	具体要求
1	对投资者投资协议、银行进账单等原始凭证进行审核
2	根据审核后的原始凭证填制记账凭证
3	将记账凭证提交财务负责人稽核
4	根据稽核后的记账凭证登记"股本明细账"

(二) 实训指导

1. 审核原始凭证的实训指导如表2-2-3所示。

2. 股本业务会计核算的实训指导如表2-2-15所示。

表2-2-15　股本业务会计核算的实训指导

业务内容	会计核算
收到投资者投入款项时	借：银行存款/固定资产/无形资产 　　贷：股本
投入款项超过注册资本	借：银行存款/固定资产/无形资产 　　贷：股本 　　　　资本公积

3. 填制与审核记账凭证的实训指导如表2-2-5所示。

4. 登记"股本明细账"的实训指导。

"股本"账户按不同的投资者的项目设置二级明细分类账户，采用三栏式明细账进行核算。"股本明细账"应根据有关会计凭证进行登记。登记的基本要求如表2-2-6所示。

六、实训结果

该实训账务处理如下。

（1）借：银行存款　　　　　　　　　　　　　　　　　　　　　　　　　10 000 000

　　　　贷：股本　　　　　　　　　　　　　　　　　　　　　　　　　　10 000 000

收 款 凭 证

借方科目：银行存款　　　　　　　2010年1月1日　　　　　　收字 3 号

摘　　要	贷 方 科 目		金　　额										√
	一级科目	明细科目	千	百	十	万	千	百	十	元	角	分	
接受投资	股本		1	0	0	0	0	0	0	0	0	0	
合　　计			1	0	0	0	0	0	0	0	0	0	

会计主管：姚雪　　　记账：张亮　　　出纳：张亮　　　审核：张小妮　　　制单：王刚

（2）借：固定资产　　　　　　　　　　　　　　　　　　　　　　　　　4 000 000

　　　　贷：股本　　　　　　　　　　　　　　　　　　　　　　　　　　4 000 000

转 账 凭 证

2010年1月1日　　　　　　第 11 号

摘　　要	会计科目	明细科目	借 方 金 额										贷 方 金 额										√
			千	百	十	万	千	百	十	元	角	分	千	百	十	万	千	百	十	元	角	分	
接受投资	固定资产			4	0	0	0	0	0	0	0	0											
	股本													4	0	0	0	0	0	0	0	0	
合　　计			¥	4	0	0	0	0	0	0	0	0	¥	4	0	0	0	0	0	0	0	0	

会计主管：姚雪　　　　记账：张亮　　　　审核：张小妮　　　　制单：王刚

（3）借：无形资产　　　　　　　　　　　　　　　　　　　　6 000 000

　　　贷：股本　　　　　　　　　　　　　　　　　　　　　　6 000 000

转 账 凭 证

2010年1月1日　　　　　　　第 14 号

摘　要	会计科目	明细科目	借方金额										贷方金额										√
			千	百	十	万	千	百	十	元	角	分	千	百	十	万	千	百	十	元	角	分	
接受投资	无形资产			6	0	0	0	0	0	0	0	0											
	股本													6	0	0	0	0	0	0	0	0	
合　计			￥	6	0	0	0	0	0	0	0	0	￥	6	0	0	0	0	0	0	0	0	

会计主管：姚雪　　　　记账：张亮　　　　审核：张小妮　　　　制单：王刚

附件 叁 张

（4）借：银行存款　　　　　　　　　　　　　　　　　　　　6 000 000

　　　贷：股本　　　　　　　　　　　　　　　　　　　　　　4 000 000

　　　资本公积——股本溢价　　　　　　　　　　　　　　　　2 000 000

收 款 凭 证

借方科目：银行存款　　　　2010年1月1日　　　　收字 4 号

摘　要	贷 方 科 目		金　额										√
	一级科目	明细科目	千	百	十	万	千	百	十	元	角	分	
接受投资	股本			4	0	0	0	0	0	0	0	0	
	资本公积	股本溢价		2	0	0	0	0	0	0	0	0	
合　计			￥	6	0	0	0	0	0	0	0	0	

会计主管：姚雪　　记账：张亮　　出纳：张亮　　审核：张小妮　　制单：王刚

附件 叁 张

明 细 分 类 账

会计科目：股本

2010年 月	日	凭证 种类	号数	摘要	√	借方 千百十万千百十元角分	贷方 千百十万千百十元角分	借或贷	余额 千百十万千百十元角分
1	1			接收甲投资			1 0 0 0 0 0 0 0 0 0 0	贷	1 0 0 0 0 0 0 0 0 0 0
				接收乙投资			4 0 0 0 0 0 0 0 0 0		1 4 0 0 0 0 0 0 0 0 0
				接收丙投资			6 0 0 0 0 0 0 0 0 0		2 0 0 0 0 0 0 0 0 0 0
				接收丁投资			4 0 0 0 0 0 0 0 0 0		2 4 0 0 0 0 0 0 0 0 0

87

实训五　发行普通股融资实训

一、实训资料

【提示1】股份有限公司是指全部资本由等额股份构成并通过发行股票筹集资本、股东以其认购的股份为限对公司承担责任、公司以其全部财产对公司债务承担责任的企业法人。

【提示2】股份有限公司与其他企业相比较，最显著的特点就是将企业的全部资本划分为等额股份，并通过发行股票的方式来筹集资本。股东以其所认购股份对公司承担有限责任。股份是很重要的指标。股票的面值与股份总数的乘积为股本，股本应等于企业的注册资本，所以，股本也是很重要的指标。为了直观地反映这一指标，在会计处理上，股份有限公司应设置"股本"科目。

【提示3】值得注意的是，企业发行股票取得的收入与股本总额往往不一致，公司发行股票取得的收入大于股本总额的，称为溢价发行；小于股本总额的，称为折价发行；等于股本总额的，称为面值发行。我国不允许企业折价发行股票。在采用溢价发行股票的情况下，企业应将相当于股票面值的部分记入"股本"科目，其余部分在扣除发行手续费、佣金等发行费用后记入"资本公积——股本溢价"科目。

2010年，石家庄东方股份有限公司取得相关部门的批准，拟发行股票融资，该公司委托某证券公司代理发行普通股2 000 000股，每股面值1元，按每股1.2元的价格发行。公司与受托单位约定，按发行收入的3%收取手续费，从发行收入中扣除。假如收到的股款已存入银行。

石家庄东方股份有限公司首次公开发行股票上市公告书

公告日期 2010-01-01

第一节　重要声明与提示

石家庄东方股份有限公司（以下简称"本公司"）董事会保证上市公告书的真实性、准确性、完整性，全体董事承诺上市公告书不存在虚假记载、误导性陈述或重大遗漏，并承担个别和连带的法律责任。

根据《中华人民共和国公司法》、《中华人民共和国证券法》等有关法律、法规的规定，本公司董事、高级管理人员已依法履行诚信和勤勉尽责的义务和责任。

证券交易所、中国证监会、其他政府机关对本公司股票上市及有关事项的意见，均不表明对本公司的任何保证。

……

二、保荐机构的意见

本公司的保荐机构（上市推荐人）国元证券有限责任公司认为本公司首次公开发行的股票符合上市条件，已向深圳证券交易所出具了《石家庄东方股份有限公司首次公开发行股票上市推荐书》。保荐机构的推荐意见主要内容如下：

发行人的公司章程符合《中华人民共和国公司法》等有关法律、法规和中国证监会的相关规定；按照《中华人民共和国公司法》、《中华人民共和国证券法》及《深圳证券交易所股票上市规则》等国家有关法律、法规的规定，保荐机构认为发行人股票已具备公开上市的条件。

保荐机构保证发行人的董事了解法律、法规、深圳证券交易所上市规则及股票上市协议规定的董事义务与责任，并协助发行人健全了法人治理结构、协助发行人制定了严格的信息披露制度与保密制度。

保荐机构已对上市文件所载的资料进行了核实，确保上市文件真实、准确、完整，符合规定要求。保荐机构保证发行人的上市申请材料、上市公告书没有虚假、严重误导性陈述或者重大遗漏，保证对其承担连带责任。

保荐机构与发行人不存在关联关系，并保证不利用在上市过程中获得的内幕信息进行内幕交易，为自己或他人谋取利益。

石家庄东方股份有限公司

2010年1月 日

二、实训要求

根据实训资料，学会对发行股票融资进行账务处理。

三、实训准备材料

收款凭证	1 张
明细分类账	1 张

四、实训目标与检测标准

发行普通股融资的实训目标与检测标准如表 2-2-16 所示。

表 2-2-16　发行普通股融资的实训目标与检测标准

目标		评分	检测标准	占总成绩比例
知识目标	掌握"股本"账户的核算内容与账户结构	100 分	核算内容或账户结构错误，扣 50 分	30%
	小计			30%
技能目标	掌握发行普通股账务处理流程	100 分	每漏或错一步扣 20 分，扣完为止	20%
	掌握与发行普通股业务相关的原始凭证的审核	100 分	真实性、合规性、合法性、完整性，每漏一项扣 25 分	20%
	掌握与发行普通股业务相关的记账凭证的填制	100 分	内容不完整或填写不规范、不正确的，每处扣 10 分	30%
	小计			70%
	合计			100%

五、实训步骤与指导

（一）实训步骤

发行普通股融资的实训步骤如表 2-2-17 所示。

表 2-2-17　发行普通股融资的实训步骤

步骤	具体要求
1	填制或审核股票发行声明书、审批文件等原始凭证
2	根据审核后的原始凭证填制记账凭证

（二）实训指导

1. 发行普通股融资业务会计核算的实训指导如表 2-2-18 所示。

表 2-2-18　发行普通股融资业务会计核算的实训指导

业务内容	会计核算
收到股本	借：银行存款 　　贷：股本 　　　　资本公积——股本溢价

2. 填制与审核记账凭证的实训指导如表 2-2-5 所示。

六、实训结果

该实训账务处理如下：

借：银行存款　　　　　　　　　　　　　　　　　　　　　　　2 400 000

　　贷：股本　　　　　　　　　　　　　　　　　　　　　　　　2 328 000

　　　　资本公积　　　　　　　　　　　　　　　　　　　　　　　72 000

收 款 凭 证

借方科目：银行存款　　　　　2010年1月1日　　　　　收字 5 号

摘　　　　要	贷 方 科 目		金　　额									√
	一级科目	明细科目	千	百	十	万	千	百	十	元	角	分	
发行股票	股本			2	3	2	8	0	0	0	0	0	
	资本公积	股本溢价			7	2	0	0	0	0	0		
合　　计			¥	2	4	0	0	0	0	0	0	0	

附件 叁 张

会计主管：姚雪　　　记账：张亮　　　出纳：张亮　　　审核：张小妮　　　制单：王刚

明 细 分 类 账

会计科目：股本

2010年 月	日	凭证 种类	号数	摘 要	√	借 方 千百十万千百十元角分	贷 方 千百十万千百十元角分	借或贷	余 额 千百十万千百十元角分
1	1			接收甲投资			1 0 0 0 0 0 0 0 0 0	贷	1 0 0 0 0 0 0 0 0 0
				接收乙投资			4 0 0 0 0 0 0 0 0		1 4 0 0 0 0 0 0 0 0
				接收丙投资			6 0 0 0 0 0 0 0 0		2 0 0 0 0 0 0 0 0 0
				接收丁投资			4 0 0 0 0 0 0 0 0		2 4 0 0 0 0 0 0 0 0
				发行股票			2 4 0 0 0 0 0 0 0		2 6 4 0 0 0 0 0 0 0

投资岗位实训

第一单元　投资业务流程

一、交易性金融资产投资业务流程

取得交易性
金融资产

取得交易性金融资产，按其公允价值进行初始计量，发生的交易费用作投资收益处理，已到付息期但尚未领取的利息或已宣告但尚未发放的现金股利，计入应收利息或应收股利

持有期间被投资
单位宣告发放现
金股利或利息

持有期间被投资单位宣告发放现金股利或利息，按照应享有的金额确认投资收益

资产负债表日
进行后续计量

资产负债表日，交易性金融资产按公允价值进行计量，公允价值与期初账面价值的差额计入公允价值变动损益

出售交易性金融资产

出售交易性金融资产，按照实际收到的金额与其账面价值之间的差额计入投资收益

二、持有至到期投资业务流程

取得持有至
到期投资

取得时按照投资的面值记入持有至到期投资的成本明细科目，价款中包含的已到付息期但尚未领取的利息作应收利息处理，然后按照实际支付的价款和以上金额的差额记入持有至到期投资的利息调整的明细科目

资产负债表日

资产负债表日，按照票面利率和面值计算应收利息或应计利息，按照实际利率和摊余成本计算投资收益，按照两者差额作利息调整处理

出售持有至
到期投资

出售持有至到期投资，按照实际收到的金额与持有至到期投资的账面价值的差额计入投资收益

三、长期股权投资业务流程

| 取得长期股权投资 | ⋯⋯ | 1. 以合并方式取得的，长期股权投资的初始计量分为同一控制下的合并和非同一控制下的合并，前者按照账面价值计量，后者按照公允价值计量；
2. 以合并外其他方式取得的，按照实际支付的购买价款进行初始计量 |

| 资产负债表日 | ⋯⋯ | 长期股权投资的后续计量分成本法和权益法
1. 成本法核算
　　持有对子公司投资和对被投资单位不具有控制、共同控制或重大影响，且在活跃市场中没有报价、公允价值不可能计量的长期股权投资，被投资单位宣告发放现金股利，按照应享有的份额，计入当期的投资收益
2. 权益法核算
　　对被投资单位具有共同控制或重大影响的长期股权投资，在资产负债日核算应该是：
（1）对初始计量进行调整；
（2）确认投资收益；
（3）收到现金股利或利润 |

| 长期股权投资的处置 | ⋯⋯ | 处置时，结转长期股权投资的账面价值，出售价款与账面价值之间的差额计入投资收益 |

第二单元　实训任务与指导

实训一　交易性金融资产投资实训

一、实训资料

1. 为了核算和监督以公允价值计量且变动计入当期损益的金融资产的取得、出售等情况，石家庄东方股份有限公司设置了"交易性金融资产"账户，并按交易性金融资产的成本和公允价值变动设置明细账。2010 年 1 月 1 日，"交易性金融资产——成本"借方余额为100 000元、"交易性金融资产——公允价值变动"借方余额为 50 000 元。

【提示1】取得金融资产在分类时，将其划分成以公允价值计量且变动计入当期损益的金融资产，在持有期间不得重分类为其他的金融资产，其他的金融资产也不得重分类为以公允价值计量且变动计入当期损益的金融资产。

2. 该公司 2010 年 1 月发生了以下与交易性金融资产有关的业务。

（1）1 月 3 日，该公司向证券交易所划出资金。原始凭证如下。

中国工商银行进账单（受理证明）

2010 年 1 月 3 日

付款人	全称	石家庄东方股份有限公司		收款人	全称	石家庄东方股份有限公司								
	账号	0402025234567890125			账号	0402021234567890128								
	开户银行	工行石家庄分行开发区支行			开户银行	工行证券部								

金额	人民币（大写）	贰拾万元整	千	百	十	万	千	百	十	元	角	分
				¥	2	0	0	0	0	0	0	0

票据种类	
票据张数	

中国工商银行石家庄分行开发区支行

2010.1.3

收款人开户银行签章 转讫 2010 年 1 月 3 日

单位主管：　　会计：　　复核：　　记账：

中国工商银行

转账支票存根

No123035

科目：＿＿＿＿＿＿＿＿＿

对方科目：＿＿＿＿＿＿＿

签发日期：2010 年 1 月 3 日

收款人：石家庄东方股份有限公司

金额：¥200 000.00

用途：投资

备注：

单位主管：　　　　会计：

复核：　　　　记账：

（2）1月8日，购买股票进行投资，划分为交易性金融资产，买价为 60 000 元，发生交易费用 480 元。

1/08/2010	成交过户交割凭单		买
股东编号：	A18826401	成交证券：	铜都铜业
电脑编号：	548122	成交数量：	10 000（股）
公司代号：	945	成交价格：	6.00
申请编号：	777	成交金额：	60 000.00
申报时间：	10：11：32	标准佣金：	480.00
成交时间：	10：12：10	过户费用：	0.00
上次余额：	10 000（股）	印花税：	0.00
本次成交：	5 000（股）	应付金额：	60 480.00
本次余额：	5 000（股）	附加费用：	0.00
本次库存：	5 000（股）	实付金额：	60 480.00

经办单位：　　　　　　　　　　　　　　　　客户签章：

【提示2】取得交易性金融资产在初始计量时，将支付的交易费用作投资收益处理，买价包含已宣告但尚未发放的现金股利或应付的利息应从买价中扣除，作应收股利或应收利息处理。

（3）1月15日将期初持有的交易性金融资产出售一半，售价 100 000 元，发生交易费用 800 元。原始凭证如下。

【提示3】 出售交易性金融资产，在确认投资收益时，要将交易性金融资产的明细账结转，同时还要将公允价值变动损益结转到投资收益。

1/08/2010		成交过户交割凭单	买
股东编号：	A18826401	成交证券：	耀华玻璃
电脑编号：	548122	成交数量：	5 000（股）
公司代号：	945	成交价格：	20.00
申请编号：	777	成交金额：	10 000.00
申报时间：	09：11：25	标准佣金：	800.00
成交时间：	09：12：10	过户费用：	0.00
上次余额：	0（股）	印花税：	0.00
本次成交：	10 000（股）	应收金额：	99 200.00
本次余额：	10 000（股）	附加费用：	0.00
本次库存：	10 000（股）	实收金额：	99 200.00

经办单位：　　　　　　　　　　　　　　客户签章：

（4）1月31日，期初的交易性金融资产公允价值为80 000元，本月取得的交易性金融资产公允价值为40 000元。

公允价值变动损益计算表

2010 年 1 月 31 日

投资项目	持有股（份）数	单位市价	账面成本	市价总额	公允价值变动损益
铜都铜业	5 000	16.00	75 000.00	80 000.00	5 000.00
耀华玻璃	10 000	4.00	60 000.00	40 000.00	−20 000
合计			¥135 000.00	¥120 000.00	¥−15 000.00

二、实训要求

根据实训资料，对交易性金融资产的相关业务进行会计处理。

三、实训准备材料

转账凭证	3 张
收款凭证	1 张
付款凭证	1 张
三栏式明细账	2 张

四、实训目标与检测标准

表 3-1-1　交易性金融资产投资业务会计处理的实训目标与检测

	目标	评分	检测标准	占总成绩比例
知识目标	掌握"交易性金融资产"账户的核算范围	100 分	核算范围错误，扣 100 分	5%
	掌握交易性金融资产入账价值的确定	100 分	买价、初始买价包含的已宣告但尚未发现的股利或利息、初始直接费用少一项，扣 20 分	5%
	掌握持有期间收到股利和利息的账务处理（买价包含的和以后期间应得的）	100 分	两者的账务处理一处错误，扣 25 分	5%
	掌握交易性金融资产的后续计量	100 分	资产负债表日和处置的账务处理一处错误，扣 25 分	5%
	掌握交易性金融资产业务的会计分录	100 分	每错一个分录扣 20 分	20%
小计				40%

目标		评分	检测标准	占总成绩比例
技能目标	掌握交易性金融资产业务的流程	100 分	每错或漏一项，扣 50 分	10%
	掌握交易性金融资产相关业务原始凭证的审核	100 分	真实性、合规性、合法性、完整性，每漏一项扣 25 分	10%
	掌握交易性金融资产相关业务记账凭证的填制	100 分	内容不完整或填写不规范、不正确的，每处扣 10 分	20%
	掌握交易性金融资产明细账的登记	100 分	内容不完整或填写不规范、不正确的，每处扣 10 分	20%
小计				60%
合计				100%

五、实训步骤与指导

（一）实训步骤

交易性金融资产的实训步骤如表 3-1-2 所示。

表 3-1-2　交易性金融资产的实训步骤

步骤	具体要求
1	对成交过户交割单原始凭证进行审核
2	根据审核后的原始凭证填制记账凭证
3	将记账凭证提交财务负责人稽核
4	根据稽核后的记账凭证登记"交易性金融资产总账"、"交易性金融资产明细账"

（二）实训指导

交易性金融资产业务会计核算的实训指导如表 3-1-3 所示。

表 3-1-3　交易性金融资产业务会计核算的实训指导

业务内容	会计核算
取得交易性金融资产	借：交易行金融资产——成本（若有宣告尚未发放现金股利，按扣除尚未发放现金股利的价值入账） 　　投资收益（支付的交易费用） 　　应收股利 　贷：银行存款
出售交易性金融资产	借：银行存款 　贷：交易性金融资产——成本 　　　　　　——公允价值变动（或借方） 　　　投资收益（或贷方） 借：投资收益（或贷方） 　贷：公允价值变动损益（或借方）
收到现金股利	借：银行存款 　　贷：应收股利 或 借：银行存款 　　贷：投资收益

（续）

业务内容	会计核算
期末计价	借：公允价值变动损益 　　贷：交易性金融资产——公允价值变动 或 借：交易性金融资产——公允价值变动 　　贷：公允价值变动损益

六、实训结果

该实训需进行下列账务处理。

（1）借：其他货币资金　　　　　　　　　　　　　　　　　200 000

　　　　贷：银行存款　　　　　　　　　　　　　　　　　　200 000

付 款 凭 证

贷方科目：银行存款　　　　　　2010年1月1日　　　　　付字第 1 号

摘　要	借方科目		金　额	√
	一级科目	明细科目	千 百 十 万 千 百 十 元 角 分	
支付投资款	其他货币资金		2 0 0 0 0 0 0 0	
合　　计			￥2 0 0 0 0 0 0 0	

附件 壹 张

会计主管：姚雪　　　记账：高丹　　　出纳：张亮　　　审核：姚雪　　　制单：张亮

（2）借：交易性金融资产——成本　　　　　　　　　　　60 000

　　　　投资收益　　　　　　　　　　　　　　　　　　　480

　　　　贷：其他货币资金　　　　　　　　　　　　　　　60 480

转 账 凭 证

2010年1月8日　　　　　　　　第 2 号

摘　要	会计科目	明细科目	借 方 金 额										贷 方 金 额										√
			千	百	十	万	千	百	十	元	角	分	千	百	十	万	千	百	十	元	角	分	
购买股票	交易性金融资产	成本				6	0	0	0	0	0	0											
		投资收益						4	8	0	0	0											
		其他货币资金														6	0	4	8	0	0	0	
合　　计					￥	6	0	4	8	0	0	0		￥	6	0	4	8	0	0	0	

附件 叁 张

会计主管：姚雪　　　　　记账：张亮　　　　　审核：张小妮　　　　　制单：王刚

（3）借：银行存款　　　　　　　　　　　　　　　　　　　　　　99 200

　　　贷：交易性金融资产——成本　　　　　　　　　　　　　　　50 000

　　　　　　　　　　—— 公允价值变动　　　　　　　　　　　　25 000

　　　　投资收益　　　　　　　　　　　　　　　　　　　　　24 200

收 款 凭 证

借方科目：银行存款　　　　　　2010年1月15日　　　　　　收字第 3 号

摘　　要	贷 方 科 目		金　额	√	附件
	一级科目	明细科目	千百十万千百十元角分		
出售股票	交易性金融资产	成本	5 0 0 0 0 0 0		壹
		公允价值变动	2 5 0 0 0 0 0		
	投资收益		2 4 2 0 0 0 0		张
合　　　　计			￥9 9 2 0 0 0 0		

会计主管：姚雪　　　记账：高丹　　　出纳：张亮　　　　审核：姚雪　　　制单：张亮

（4）借：公允价值变动损益　　　　　　　　　　　　　　　　　25 000

　　　贷：投资收益　　　　　　　　　　　　　　　　　　　　25 000

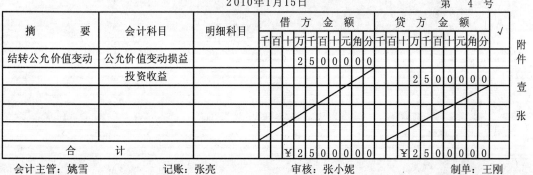

转 账 凭 证

　　　　　　　　　2010年1月15日　　　　　　　　第　4　号

摘　　要	会计科目	明细科目	借 方 金 额	贷 方 金 额	√	附件
			千百十万千百十元角分	千百十万千百十元角分		
结转公允价值变动	公允价值变动损益		2 5 0 0 0 0 0			壹
	投资收益			2 5 0 0 0 0 0		
						张
合　　　　计			￥2 5 0 0 0 0 0	￥2 5 0 0 0 0 0		

会计主管：姚雪　　　　　记账：张亮　　　　　审核：张小妮　　　　　　制单：王刚

（5）借：公允价值变动损益 15 000

贷：交易性金融资产——公允价值变动 15 000

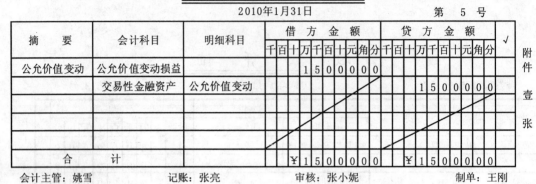

明 细 分 类 账

会计科目：交易性金融资产——成本

年		凭证		摘　要	√	借　方									贷　方									借或贷	余　额								
月	日	种类	号数			千	百	十	万	千	百	十	元	角	分	千	百	十	万	千	百	十	元	角	分		千	百	十	万	千	百	十	元	角	分
				期初余额																						借		1	0	0	0	0	0	0	0	0
1	8	转	1	购买股票				6	0	0	0	0	0	0														1	6	0	0	0	0	0	0	0
	15	转	2	出售股票														5	0	0	0	0	0	0				1	1	0	0	0	0	0	0	0

第三部分　投资岗位实训

111

明 细 分 类 账

手把手教你当资金主管（实战版）

会计科目：交易性金融资产——公充价值变动

年		凭证		摘　要	√	借　方									贷　方									借或贷	余　额								
月	日	种类	号数			千	百	十	万	千	百	十	元	角	分	千	百	十	万	千	百	十	元	角	分		千	百	十	万	千	百	十	元	角	分
1	1			期初余额																						借		5	0	0	0	0	0	0
1	15	转	2	出售股票														2	5	0	0	0	0	0			2	5	0	0	0	0	0
	31	转	4	价值变化														1	5	0	0	0	0	0			1	0	0	0	0	0	0

实训二 持有至到期投资实训

一、实训资料

1. 为了核算和监督持有至到期投资取得、出售等情况，石家庄东方股份有限公司设置了"持有至到期投资"账户，并按持有至到期投资的成本、利息调整、应计利息设置明细账。2010 年 1 月 1 日，"持有至到期投资——成本"借方余额为 300 000 元、"持有至到期投资——利息调整"借方余额为 500 元，"持有至到期投资——应计利息"为 75 000 元。

国债利息收入计算表

2010 年 1 月 31 日

计息日期	应计利息	实际利率	利息收入	利息调整	摊余成本
2009 年 1 月 1 日					528 000
2009 年 12 月 31 日	30 000	4.72%	24 922	5 078	522 922
2010 年 12 月 31 日	30 000	4.72%	24 682	5 318	517 604

2. 公司于 2010 年 1 月 2 日购入面值 500 000 元、期限 5 年、票面利率 6%、每年 12 月 31 日付息、取得成本为 528 000 元的国库券作为持有至到期投资，采用实际利率法确认利息收入。经测算，按照 4.72% 作为折现率。

3. 1 月 31 日期初持有的"持有至到期投资"到期。

中国工商银行进账单（受理证明）　　3

2010 年 1 月 31 日

付款人	全称		收款人	全称	石家庄东方股份有限公司									
	账号			账号	0402021234567890128									
	开户银行	工行石家庄分行开发区支行		开户银行	工行石家庄分行开发区支行									

金额	人民币（大写）	叁拾柒万伍仟伍佰元整	千	百	十	万	千	百	十	元	角	分
				¥	3	7	5	5	0	0	0	0

票据种类	
票据张数	

中国工商银行石家庄分行
开发区支行
2010.12.31
收款人开户银行签章　2010 年 1 月 31 日讫

单位主管：　会计：　复核：　记账：

此联是收款人开户银行交给收款人的收账通知

二、实训要求

根据实训资料，对持有至到期投资的相关业务进行会计处理。

三、实训准备材料

转账凭证	2 张
收款凭证	1 张
付款凭证	1 张
三栏式明细账	3 张

四、实训目标与检测标准

表 3-2-1　持有至到期投资业务会计处理的实训目标与检测

	目标	评分	检测标准	占总成绩比例
知识目标	掌握"持有至到期投资"核算范围	100 分	核算范围错误,扣 100 分	5%
	掌握持有至到期投资入账价值的确定	100 分	买价、初始买价包含的已计算但尚未支付的利息、初始直接费用少一项,扣 20 分	5%
	掌握持有期间收到利息和应付利息的账务处理(一次还本付息和分期付息)	100 分	投资收益和应收利息的账务处理一处错误,扣 25 分	5%
	掌握持有至到期投资的后续计量	100 分	资产负债表日、重分类的、处置的账务处理每一处错误,扣 25 分	5%
	掌握持有至到期投资业务的会计分录	100 分	每错一个分录扣 20 分	20%
	小计			40%
技能目标	掌握持有至到期投资业务的流程	100 分	每错或漏一项,扣 50 分	10%
	掌握持有至到期投资相关业务原始凭证的审核	100 分	真实性、合规性、合法性、完整性,每漏一项扣 25 分	10%
	掌握持有至到期投资相关业务记账凭证的填制	100 分	内容不完整或填写不规范、不正确的,每处扣 10 分	20%
	掌握持有至到期投资明细账的登记	100 分	内容不完整或填写不规范、不正确的,每处扣 10 分	20%
	小计			60%
	合计			100%

五、实训步骤与指导

（一）实训步骤

持有至到期投资的实训步骤如表 3-2-2 所示。

表 3-2-2　持有至到期投资的实训步骤

步骤	具体要求
1	对成交过户交割单原始凭证进行审核
2	根据审核后的原始凭证填制记账凭证
3	将记账凭证提交财务负责人稽核
4	根据稽核后的记账凭证登记"持有至到期投资总账"、"持有至到期投资明细账"

（二）实训指导

持有至到期投资业务会计核算的实训指导如表 3-2-3 所示。

表 3-2-3　持有至到期投资业务会计核算的实训指导

业务内容	会计核算
取得持有至到期投资	借：持有至到期投资——成本（若有宣告尚未发放现金股利，按扣除尚未发放现金股利的价值入账） 　　持有至到期投资——利息调整（或贷方） 　　应收利息 　贷：银行存款
持有至到期投资到期	借：银行存款 　贷：持有至到期投资——成本 　　　持有至到期投资——利息调整（或借方） 　　　投资收益（或贷方）

步骤	具体要求
确认应收利息	借：应收利息 　　贷：投资收益 　　　　持有至到期投资——利息调整（或借方）

六、实训结果

该实训需进行下列账务处理。

（1）借：持有至等待期投资——成本   500 000

                ——利息调整   28 000

    贷：银行存款   528 000

付 款 凭 证

贷方科目：银行存款   2010年1月1日   付字第 6 号

摘　要	借 方 科 目		金　额										√
	一级科目	明细科目	千	百	十	万	千	百	十	元	角	分	
购买国债	持有至到期投资	成本		5	0	0	0	0	0	0	0	0	
		利息调整			2	8	0	0	0	0	0	0	
合　　计				￥	5	2	8	0	0	0	0	0	

会计主管：姚雪   记账：高丹   出纳：张亮   审核：姚雪   制单：张亮

附件壹张

（2）借：持有至到期投资——应计利息   30 000

    贷：持有至到期投资——利息调整   5 078

        投资收益   24 922

转 账 凭 证

2010年1月31日   第 7 号

摘　要	会计科目	明细科目	借 方 金 额										贷 方 金 额										√
			千	百	十	万	千	百	十	元	角	分	千	百	十	万	千	百	十	元	角	分	
确认利息收益	持有至到期投资	应计利息				3	0	0	0	0	0	0											
		利息调整															5	0	7	8	0	0	
	投资收益															2	4	9	2	2	0	0	
合　　计						￥	3	0	0	0	0	0				￥	3	0	0	0	0	0	

会计主管：姚雪   记账：张亮   审核：张小妮   制单：王刚

附件壹张

（3）借：银行存款   375 000

   贷：持有至到期投资——成本   300 000

        —— 应计利息   75 000

收 款 凭 证

借方科目：银行存款   2010年1月31日   收字第 8 号

摘　　　要	贷　方　科　目		金　　额									√	附件
	一级科目	明细科目	千	百	十	万	千	百	十	元	角	分	
债券到期	持有至到期投资	成本		3	0	0	0	0	0	0	0		壹张
		应计利息			7	5	0	0	0	0	0		
合　　　计			¥	3	7	5	0	0	0	0	0		

会计主管：姚雪 记账：高丹 出纳：张亮 审核：姚雪 制单：张亮

（4）借：持有至到期投资——利息调整   500

   贷：投资收益   500

转 账 凭 证

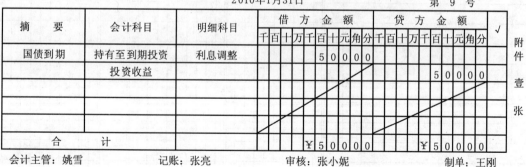

2010年1月31日   第 9 号

摘　要	会计科目	明细科目	借　方　金　额										贷　方　金　额											√	附件
			千	百	十	万	千	百	十	元	角	分	千	百	十	万	千	百	十	元	角	分		
国债到期	持有至到期投资	利息调整					5	0	0	0	0													壹张
	投资收益																5	0	0	0	0			
合　　计						¥	5	0	0	0	0					¥	5	0	0	0	0			

会计主管：姚雪   记账：张亮   审核：张小妮   制单：王刚

明 细 分 类 账

会计科目：持有至到期投资——成本

年		凭证		摘　要	√	借　方		贷　方		借或贷	余　额	
月	日	种类	号数			千百十万千百十元角分		千百十万千百十元角分		借或贷	千百十万千百十元角分	
1	1			期初						借	3 0 0 0 0 0 0 0	
1	1	付	6	购买		5 0 0 0 0 0 0 0					8 0 0 0 0 0 0 0	
1	31	转	8	到期				3 0 0 0 0 0 0 0			5 0 0 0 0 0 0 0	

明 细 分 类 账

会计科目：持有至到期投资——利息调整

年		凭证		摘 要	√	借 方	贷 方	借或贷	余 额
月	日	种类	号数			千百十万千百十元角分	千百十万千百十元角分	借或贷	千百十万千百十元角分
1	1			期初				借	5 0 0 0 0
1	1	付	6	购买国债		2 8 0 0 0 0 0			2 8 5 0 0 0 0
1	31	转	9	国债到期			5 0 0 0 0		2 8 0 0 0 0 0
1	31	转	7	确认利息			5 0 7 8 0 0		2 2 9 2 2 0 0

121

明 细 分 类 账

会计科目：持有至到期投资——应计利息

年		凭证		摘 要	√	借 方	贷 方	借或贷	余 额
月	日	种类	号数			千百十万千百十元角分	千百十万千百十元角分	借或贷	千百十万千百十元角分
1	1			期初					7 5 0 0 0 0 0
1	31	转	7	确认利息		3 0 0 0 0 0 0			1 0 5 0 0 0 0 0
1	31	收	8	到期			7 5 0 0 0 0 0		3 0 0 0 0 0 0

实训三 长期股权投资实训——成本法后续计量

一、实训资料

1. 为了核算和监督长期股权投资取得、出售等情况,石家庄东方股份有限公司设置了"长期股权投资"账户。2010 年 1 月 1 日,"长期股权投资"借方余额为 1000 000 元。

2. 12 月 15 日委托证券公司以每股 1.5 元的价格购入深圳华强股份有限公司的普通股股票 500 000 股,并支付交易费用 3 750 元。该股份占深圳华强股份有限公司普通股股份的 5%。投资当时,深证华强股份有限公司可辨认净资产的公允价值为 3 062 400 元。采用成本法核算,收到证券公司交来的证券交割单。

12/10/2010	成交过户交割凭单		买
股东编号:	A128826401	成交证券:	华强股份
电脑编号:	548122	成交数量:	500 000 (股)
公司代号:	945	成交价格:	1.50
申请编号:	777	成交金额:	750 000.00
申报时间:	10:11:32	标准佣金:	3 750.00
成交时间:	10:12:10	过户费用:	
上次余额:	(股)	印花税:	
本次成交:	(股)	应付金额:	753 750.00 .00
本次余额:	(股)	附加费用:	0.00
本次库存:	(股)	实付金额:	

3. 12 月 31 日，对公司持有的长期股权投资进行期末计量。本月购买的深圳华强股份有限公司的普通股股票由于该公司内部经营出现严重问题，导致股票价格持续下跌，期末市价下跌至 1.4 元。该股票的账面价值为 765 600 元。

长期股权投资减值准备计提表

2010 年 1 月 31 日

股票名称	数量	账面余额	已提减值准备	账面价值	预计可收回额	计提减值准备
华强股票	1	345 780	0	765 600	700 000	65 600
合计						65 600
减值原因	公司内部经营出现严重问题，导致股票价格持续下跌，在短期内无好转迹象。					

财务部门意见：	管理部门意见：
同意	同意
姚雪	张军平
2010 年 1 月 31 日	2010 年 1 月 31 日

4. 被投资单位宣告分配现金利润。

5. 收到现金利润。

中国工商银行**进账单**（收款通知）

2010 年 5 月 20 日

付款人	全称	泰安有限公司		收款人	全称	石家庄东方股份有限公司										
	账号	1138251677			账号	1122345688										
	开户银行	工商银行桥西区支行			开户银行	工商银行开发区支行										
人民币（大写）		壹万贰仟五佰元整		千	百	十	万	千	百	十	元	角	分			
						¥	1	2	5	0	0	0	0		
票据种类		转账支票														
票据张数		1														
单位主管	会计	复核		收款人开户银行签章												

二、实训要求

根据实训资料，对长期股权投资的相关业务进行会计处理。

三、实训准备材料

转账凭证	4 张
收款凭证	2 张
付款凭证	1 张

四、实训目标与检测标准

表 3-3-1　长期股权投资业务会计处理的实训目标与检测

目标		评分	检测标准	占总成绩比例
知识目标	掌握"长期股权投资"账户的核算范围	100 分	核算范围错误，扣 100 分	5%
	掌握长期股权投资不同取得方式入账价值的确定	100 分	合并方式取得、合并以外其他方式取得、各种取得方式的初始直接费用少一项，扣 20 分	5%
	掌握持有期间收到股票股利和现金股利账务处理（采用成本法）	100 分	投资收益和应收股利的账务处理一处错误，扣 25 分	5%
	掌握长期股权投资减值以及处置	100 分	长期股权投资减值和处置的账务处理一处错误，扣 25 分	5%
	掌握长期股权投资——成本法业务的会计分录	100 分	每错一个分录扣 20 分	20%
小计				40%

目标		评分	检测标准	占总成绩比例
技能目标	掌握长期股权投资业务的流程	100 分	每错或漏一项，扣50分	10%
	掌握长期股权投资相关业务原始凭证的审核	100 分	真实性、合规性、合法性、完整性，每漏一项扣25分	10%
	掌握长期股权投资相关业务记账凭证的填制	100 分	内容不完整或填写不规范、不正确的，每处扣10分	20%
	掌握长期股权投资明细账的登记	100 分	内容不完整或填写不规范、不正确的，每处扣10分	20%
小计				60%
合计				100%

五、实训步骤与指导

（一）实训步骤

长期股权投资的实训步骤如表3-3-2所示。

表3-3-2　长期股权投资的实训步骤

步骤	具体要求
1	对成交过户交割单原始凭证进行审核
2	根据审核后的原始凭证填制记账凭证
3	将记账凭证提交财务负责人稽核
4	根据稽核后的记账凭证登记"长期股权投资总账"、"长期股权投资明细账"

（二）实训指导

长期股权投资业务会计核算的实训指导如表 3-3-3 所示。

表 3-3-3　长期股权投资业务会计核算的实训指导

业务内容	会计核算
取得长期股权投资	借：长期股权投资——某公司（合并以外方式取得的） 　　应收股利 　　　贷：银行存款
收到被投资方分配利润	借：应收股利 　　　贷：投资收益 借：银行存款 　　　贷：应收股利

六、实训结果

该实训需进行下列账务处理。

（1）借：长期股权投资 765 600

    贷：其他货币资金 503 750

       资本公积 261 850

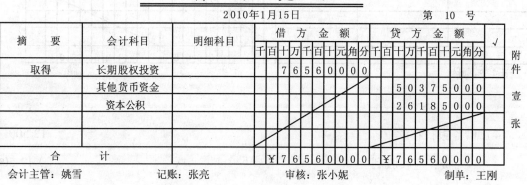

转 账 凭 证

2010年1月15日   第 10 号

摘 要	会计科目	明细科目	借 方 金 额	贷 方 金 额	√
			千百十万千百十元角分	千百十万千百十元角分	
取得	长期股权投资		7 6 5 6 0 0 0 0		
	其他货币资金			5 0 3 7 5 0 0 0	
	资本公积			2 6 1 8 5 0 0 0	
合 计			￥7 6 5 6 0 0 0 0	￥7 6 5 6 0 0 0 0	

会计主管：姚雪   记账：张亮   审核：张小妮   制单：王刚

附件壹张

（2）借：资产减值损失 65 600

    贷：长期股权投资减值准备 65 600

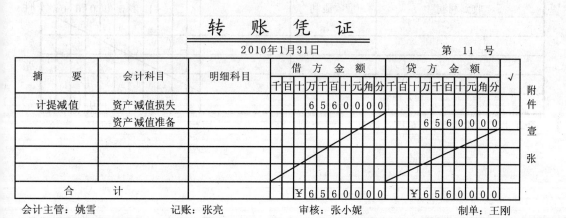

转 账 凭 证

2010年1月31日   第 11 号

摘 要	会计科目	明细科目	借 方 金 额	贷 方 金 额	√
			千百十万千百十元角分	千百十万千百十元角分	
计提减值	资产减值损失		6 5 6 0 0 0 0		
	资产减值准备			6 5 6 0 0 0 0	
合 计			￥6 5 6 0 0 0 0	￥6 5 6 0 0 0 0	

会计主管：姚雪   记账：张亮   审核：张小妮   制单：王刚

附件壹张

（3）借：应收股利   125 000

       贷：投资收益   12 500

转 账 凭 证

2010年4月21日   第 12 号

摘 要	会计科目	明细科目	借 方 金 额										贷 方 金 额										√
			千	百	十	万	千	百	十	元	角	分	千	百	十	万	千	百	十	元	角	分	
确认投资收益	应收股利				1	2	5	0	0	0	0	0											
	投资收益														1	2	5	0	0	0	0	0	
合 计				￥	1	2	5	0	0	0	0	0		￥	1	2	5	0	0	0	0	0	

会计主管：姚雪   记账：张亮   审核：张小妮   制单：王刚

附件壹张

（4）借：银行存款   12 500

       贷：应收股利   12 500

收 款 凭 证

借方科目：银行存款   2010年5月21日   收字第 13 号

摘 要	贷 方 科 目		金 额										√
	一级科目	明细科目	千	百	十	万	千	百	十	元	角	分	
收到利润	应收股利					1	2	5	0	0	0	0	
合 计					￥	1	2	5	0	0	0	0	

会计主管：姚雪   记账：高丹   出纳：张亮   审核：姚雪   制单：张亮

附件壹张

实训四　长期股权投资实训——权益法后续计量

一、实训资料

1. 为了核算和监督长期股权投资取得、出售等情况，石家庄东方股份有限公司设置了"长期股权投资"账户，并开设成本、损益调整和其他权益变动的明细科目。2010 年 1 月 1 日，"长期股权投资——成本（B 公司）"借方余额为 10 000 000 元。该投资是 2009 年年初通过合并方式取得，占被投资单位所有者权益的份额为 30%。

2. 2010 年 3 月，本公司以一无形资产（商标权）对 C 公司进行投资，双方约定该无形资产价值为 30 000 000 元，占被投资单位所有所有者权益的份额为 30%。

河北省××市转让无形资产发票（机打）

发　票　联　　　　　　　　发票代码：213567834

发票号码：000000000

付款单位（个人）：石家庄东方股份有限公司　　　　　　　　机打编号：

项目	单位	数量	单价	金额	备注
商标权	个	1	30 000 000.00	30 000 000.00	

合计（大写）叁仟万元整　　　　　　　　（小写）￥30 000 000.00

收款单位（盖章有效）　　　　开票人：白雪　　　　2010 年 03 月 26 日

3. 2010 年 1 月，本公司以现金对 D 公司进行投资，占被投资单位所有者权益的份额为 20%。

投资协议书（部分）

投资方：石家庄东方股份有限公司

被投资方：D 公司

投资方与被投资方经过充分协商，在平等自愿的基础上，投资方石家庄东方股份有限公司以现金 2 000 000 元投资 D 公司，占被投资方注册资本的 20%。

投资方签章：　　　　被投资方签章：

法人代表：　　　王　刚　　　　　法人代表：　　　郭　佳

签约日期：2010 年 1 月 20 日　　　　签约日期：2010 年 1 月 20 日

中国工商银行

转账支票存根

No156534

科目：_____

对方科目：_____

签发日期：2010 年 1 月 20 日

收款人：D 公司_____

金额：￥2 000 000.00_____

用途：投资费用_____

备注：_____

单位主管：　　　　　会计：

复核：　　　　　　　记账：

4. 2010 年 4 月 25 日，B 股份有限公司宣布分派现金股利（假定不需要对 B 公司净利润进行调整）。

B 股份有限公司

2010 年年度股东大会决议公告（部分）

......

2010 年度本公司法定财务报告的利润情况为：净利润为人民币 6 000 000 元，可供分配的利润为人民币 10 000 000 元。资本公积增加 2 000 000 元。

本公司在 2010 年应按照全年净利润的 10% 计算提取法定盈余公积人民币 600 000 元，同时本公司派发现金股利人民币 2 500 000 元。

特此公告。

B 股份有限公司董事会

5. 收到现金股利。

中国工商银行进账单（进款通知）

2010 年 4 月 30 日

付款人	全称	B 股份有限公司	收款人	全称	石家庄东方股份有限公司										
	账号	1138251677		账号	1122345688										
	开户银行	工商银行桥西区支行		开户银行	工商银行开发区支行										
人民币（大写）		柒拾伍万元整			千	百	十	万	千	百	十	元	角	分	
						¥	7	5	0	0	0	0	0	0	0
票据种类		转账支票		收款人开户银行签章											
票据张数		1													
单位主管	会计	复核													

二、实训要求

根据实训资料，对长期股权投资的相关业务进行会计处理。

三、实训准备材料

转账凭证	5 张
收款凭证	2 张
付款凭证	1 张
三栏式明细账	3 张

四、实训目标与检测标准

表 3-4-1 长期股权投资业务会计处理的实训目标与检测

<table>
<tr><th colspan="2">目标</th><th>评分</th><th>检测标准</th><th>占总成绩比例</th></tr>
<tr><td rowspan="5">知识目标</td><td>掌握"长期股权投资"权益法的核算范围</td><td>100 分</td><td>核算范围错误，扣 100 分</td><td>5%</td></tr>
<tr><td>掌握长期股权投资不同取得方式入账价值的确定</td><td>100 分</td><td>合并方式取得、合并以外其他方式取得、各种取得方式的初始直接费用少一项，扣 20 分</td><td>5%</td></tr>
<tr><td>掌握持有期间确认投资收益和收到股票股利和现金股利账务处理（采用权益法）</td><td>100 分</td><td>投资收益和应收股利的账务处理一处错误，扣 25 分</td><td>5%</td></tr>
<tr><td>掌握长期股权投资减值以及处置</td><td>100 分</td><td>长期股权投资减值和处置的账务处理一处错误，扣 25 分</td><td>5%</td></tr>
<tr><td>掌握长期股权投资——权益法业务的会计分录</td><td>100 分</td><td>每错一个分录扣 20 分</td><td>20%</td></tr>
<tr><td colspan="3">小计</td><td></td><td>40%</td></tr>
<tr><td rowspan="4">技能目标</td><td>掌握长期股权投资业务的流程</td><td>100 分</td><td>每错或漏一项，扣 50 分</td><td>10%</td></tr>
<tr><td>掌握长期股权投资相关业务原始凭证的审核</td><td>100 分</td><td>真实性、合规性、合法性、完整性，每漏一项扣 25 分</td><td>10%</td></tr>
<tr><td>掌握长期股权投资相关业务记账凭证的填制</td><td>100 分</td><td>内容不完整或填写不规范、不正确的，每处扣 10 分</td><td>20%</td></tr>
<tr><td>掌握长期股权投资明细账的登记</td><td>100 分</td><td>内容不完整或填写不规范、不正确的，每处扣 10 分</td><td>20%</td></tr>
<tr><td colspan="3">小计</td><td></td><td>60%</td></tr>
<tr><td colspan="3">合计</td><td></td><td>100%</td></tr>
</table>

五、实训步骤与指导

（一）实训步骤

长期股权投资的实训步骤如表 3-4-2 所示。

表 3-4-2　长期股权投资的实训步骤

步骤	具体要求
1	对成交过户交割单原始凭证进行审核
2	根据审核后的原始凭证填制记账凭证
3	将记账凭证提交财务负责人稽核
4	根据稽核后的记账凭证登记"长期股权投资总账"、"长期股权投资明细账"

（二）实训指导

长期股权投资业务会计核算的实训指导如表 3-4-3 所示。

表 3-4-3　长期股权投资业务会计核算的实训指导

业务内容	会计核算
取得长期股权投资	借：长期股权投资——成本（合并以外方式取得的） 　　应收股利 　贷：银行存款

业务内容	会计核算
收到被投资方分配利润	借：长期股权投资——损益调整 　　长期股权投资——其他权益变动 　贷：投资收益 　　　资本公积 借：应收股利 　贷：长期股权投资——损益调整 借：银行存款 　贷：应收股利

六、实训结果

（1）借：长期股权投资——成本　　　　　　　　　　　　　　　　　30 000 000

　　　　贷：无形资产——商标权　　　　　　　　　　　　　　　　　30 000 000

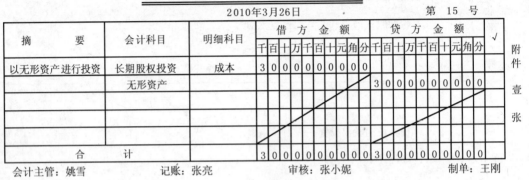

转　账　凭　证

2010年3月26日　　　　　　　　　第　15　号

摘　要	会计科目	明细科目	借　方　金　额											贷　方　金　额											√
			千	百	十	万	千	百	十	元	角	分	千	百	十	万	千	百	十	元	角	分	
以无形资产进行投资	长期股权投资	成本	3	0	0	0	0	0	0	0	0	0											
	无形资产												3	0	0	0	0	0	0	0	0	0	
合　　计			3	0	0	0	0	0	0	0	0	0	3	0	0	0	0	0	0	0	0	0	

附件壹张

会计主管：姚雪　　　记账：张亮　　　审核：张小妮　　　制单：王刚

（2）借：长期股权投资——成本　　　　　　　　　　　　　　　　　2 000 000

　　　　贷：银行存款　　　　　　　　　　　　　　　　　　　　　　2 000 000

付　款　凭　证

贷方科目：银行存款　　　2010　年1月1日　　　　　付字第　14　号

摘　要	借　方　科　目		金　额										√
	一级科目	明细科目	千	百	十	万	千	百	十	元	角	分	
投资	长期股权投资	成本		2	0	0	0	0	0	0	0	0	
合　　计			￥	2	0	0	0	0	0	0	0	0	

附件壹张

会计主管：姚雪　　记账：高丹　　出纳：张亮　　审核：姚雪　　制单：张亮

（3）借：长期股权投资——损益调整　　　　　　　　　　　　　　1 800 000

　　　　　　　　　　——其他权益变动　　　　　　　　　　　　　600 000

　　　贷：投资收益　　　　　　　　　　　　　　　　　　　　　　1 800 000

　　　　　资本公积　　　　　　　　　　　　　　　　　　　　　　　600 000

转 账 凭 证

2010年4月25日　　　　　　　　　　　第 16 号

摘　　要	会计科目	明细科目	借 方 金 额											贷 方 金 额											√
			千	百	十	万	千	百	十	元	角	分	千	百	十	万	千	百	十	元	角	分	
确认投资收益	长期股权投资	损益调整		1	8	0	0	0	0	0	0	0											
		其他权益变动		6	0	0	0	0	0	0	0												
	投资收益													1	8	0	0	0	0	0	0	0	
	资本公积														6	0	0	0	0	0	0	0	
合　　　　计			¥	2	4	0	0	0	0	0	0	0	¥	2	4	0	0	0	0	0	0	0	

会计主管：姚雪　　　　　记账：张亮　　　　　审核：张小妮　　　　　制单：王刚

（4）借：应收股利　　　　　　　　　　　　　　　　　　　　　　750 000

　　　贷：长期股权投资——损益调整　　　　　　　　　　　　　　750 000

转 账 凭 证

2010年4月25日　　　　　　　　　　　第 17 号

摘　　要	会计科目	明细科目	借 方 金 额											贷 方 金 额											√
			千	百	十	万	千	百	十	元	角	分	千	百	十	万	千	百	十	元	角	分	
应收股利	应收股利			7	5	0	0	0	0	0	0	0											
	长期股权投资	损益调整												7	5	0	0	0	0	0	0	0	
合　　　　计			¥	7	5	0	0	0	0	0	0	0	¥	7	5	0	0	0	0	0	0	0	

会计主管：姚雪　　　　　记账：张亮　　　　　审核：张小妮　　　　　制单：王刚

（5）借：银行存款 750 000

　　　　贷：应收股利 750 000

收 款 凭 证

借方科目：银行存款　　　　　2010年4月25日　　　　收字第 18 号

摘　　　要	贷　方　科　目		金　　额										√
	一级科目	明细科目	千	百	十	万	千	百	十	元	角	分	
收到利润	应收股利			7	5	0	0	0	0	0	0	0	
合　　　计			￥	7	5	0	0	0	0	0	0	0	

会计主管：姚雪　　　记账：高丹　　　出纳：张亮　　　　　审核：姚雪　　　制单：张亮

明 细 分 类 账

会计科目：长期股权投资——成本

年		凭证		摘　要	√	借　方										贷　方										借或贷	余　额									
月	日	种类	号数			千	百	十	万	千	百	十	元	角	分	千	百	十	万	千	百	十	元	角	分		千	百	十	万	千	百	十	元	角	分
1	1			期初余额																						借	1	0	0	0	0	0	0	0	0	0
1	20	付		现金投资			2	0	0	0	0	0	0	0	0																					
3	26	转		无形资产投资			3	0	0	0	0	0	0	0	0																					
																											4	2	0	0	0	0	0	0	0	0

明 细 分 类 账

会计科目：长期股权投资——损益调整

年		凭证		摘　要	√	借　方										贷　方										借或贷	余　额									
月	日	种类	号数			千	百	十	万	千	百	十	元	角	分	千	百	十	万	千	百	十	元	角	分		千	百	十	万	千	百	十	元	角	分
4	25	转	15	被投资方获净利润			1	8	0	0	0	0	0	0	0																						
4	25	转	16	B公司分派利润														7	5	0	0	0	0	0	0												
																												1	0	5	0	0	0	0	0	0

明 细 分 类 账

会计科目：长期股权投资——其他权益变动

年		凭证		摘　要	√	借　方	贷　方	借或贷	余　额
月	日	种类	号数			千百十万千百十元角分	千百十万千百十元角分		千百十万千百十元角分
4	25	转	15			6 0 0 0 0 0 0 0			
									6 0 0 0 0 0 0 0

附录：

实训基本表格

（单面印刷，请裁剪后复制使用）

收 款 凭 证

借方科目 　　　　　　　　　年 月 日 　　　　　　　　收字 号

摘　要	贷 方 科 目		金　额											√
	一级科目	明细科目	亿	千	百	十	万	千	百	十	元	角	分	
合　计														

附原始凭证　　　　张

会计主管：　　　　记账：　　　　出纳：　　　　审核：　　　　制单：

付 款 凭 证

贷方科目 　　　　　　　　　年 月 日 　　　　　　　　付字 号

摘　要	借 方 科 目		金　额											√
	一级科目	明细科目	亿	千	百	十	万	千	百	十	元	角	分	
合　计														

附原始凭证　　　　张

会计主管：　　　　记账：　　　　出纳：　　　　审核：　　　　制单：

转 账 凭 证

年 月 日 　　　　　　　　转字 号

摘　要	会计科目	明细科目	借方金额										贷方金额											√
			亿	千	百	十	万	千	百	十	元	角	分	亿	千	百	十	万	千	百	十	元	角	分	
合　计																									

附单据　　　　张

会计主管：　　　　记账：　　　　审核：　　　　制单：

明细分类账（数量金额式）

会计科目：＿＿＿＿＿＿＿＿　　　存储地点：＿＿＿＿＿＿＿＿＿＿＿＿　　　计量单位：＿＿＿＿＿

年		凭证		摘　要	√	收　入（借方）											发　出（贷方）											结　存											
月	日	种类	号数			数量	单价	金额									数量	单价	金额									数量	单价	金额								
								千	百	十	万	千	百	十	元	角	分			千	百	十	万	千	百	十	元	角	分			千	百	十	万	千	百	十	元	角	分

明 细 分 类 账 （三栏式）

会计科目：

| 年 | | 凭证 | | 摘　要 | √ | 借　方 | | | | | | | | | 贷　方 | | | | | | | | | 借或贷 | 余　额 | | | | | | | | |
月	日	种类	号数			千	百	十	万	千	百	十	元	角	分	千	百	十	万	千	百	十	元	角	分		千	百	十	万	千	百	十	元	角	分

《手把手教你当资金主管（实战版）》
编读互动信息卡

亲爱的读者：

感谢您购买本书。请您详细填写本卡并邮寄或传真给我们（复印有效），以便我们能够为您提供更多的最新图书信息。您还可在这向我们邮购图书时获得免付图书邮寄费的优惠。

您获得本书的途径

○书店（　　　　　　省/区　　　　　市　　　　　县　　　　　　　　　　　　　　书店）

○商场（　　　　　　省/区　　　　　市　　　　　县　　　　　　　　　　　　　　商场）

○网站（网址是　　　　　　　　　　　　　　　　　　　　　　　　　　　　　　　）

○邮购（我是向　　　　　　　　　　　　　　　　　　　　　　　　　　　　邮购的）

○其他（请注明方式：　　　　　　　　　　　　　　　　　　　　　　　　　　　　）

哪些因素促使您购买本书（可多选）

○本书摆放在书店显著位置	○封面推荐	○书名
○作者及出版社	○封面设计及版式	○媒体书评
○前言	○内容	○价格
○其他（		）

您最近三个月购买的其他经济管理类图书有

1.《　　　　　　　　　　　　》　　　　　2.《　　　　　　　　　　　　》

3.《　　　　　　　　　　　　》　　　　　4.《　　　　　　　　　　　　》

请附阁下资料，便于我们向您提供图书信息

姓名　　　　　　　出生年月　　　　　　　文化程度

单位　　　　　　　职　务　　　　　　　　联系电话

地址

邮编　　　　　　　电子邮箱

地　　　址：北京市崇文区龙潭路甲 3 号翔龙大厦 218 室

北京普华文化发展有限公司

邮　　　编：100061

传　　　真：（010）67120121

读者热线：（010）67129879　67133495 转 818

网　　　址：http://www.puhuabook.com.cn

邮购电话：（010）67129872 转 818

编辑信箱：libaolin@puhuabook.com